M. J. Wendt
Der Münzwurf

AF146497

Bibliografische Informationen der Deutschen
Nationalbibliothek:
Die deutsche Nationalbibliothek verzeichnet diese
Publikation in der Deutschen Nationalbibliografie;
detaillierte bibliografische Daten sind im Internet über
dnb.dnb.de abrufbar.

© 2017 M. J. Wendt
Herstellung und Verlag:
BoD – Books on Demand, Norderstedt

ISBN: 978 – 3 – 7431 – 0999 – 5

M. J. Wendt

Der Münzwurf

Ein Wurf – Eine Entscheidung

INHALT

Vorwort ……..……………….……..6

Kapitel 1 ……...…………………….7
Kapitel 2 ……...…………………...15

Kapitel 3	Kopf …….……………..22
Kapitel 4	Kopf …….……………..29
Kapitel 5	Kopf …….……………..36
Kapitel 6	Kopf …….……………..39
Kapitel 7	Kopf …….……………..43
Kapitel 8	Kopf …….……………..47
Kapitel 9	Kopf …….……………..56
Kapitel 10	Kopf …….……………..61
Kapitel 11	Kopf …….……………..67
Kapitel 12	Kopf …….……………..72
Kapitel 13	Kopf …….……………..76
Kapitel 14	Kopf …….……………..81
Kapitel 15	Kopf …….……………..86
Kapitel 16	Kopf …….……………..92

Kapitel 3	Zahl	97
Kapitel 4	Zahl	104
Kapitel 5	Zahl	110
Kapitel 6	Zahl	116
Kapitel 7	Zahl	120
Kapitel 8	Zahl	125
Kapitel 9	Zahl	131
Kapitel 10	Zahl	134
Kapitel 11	Zahl	138
Kapitel 12	Zahl	143
Kapitel 13	Zahl	148
Kapitel 14	Zahl	153
Kapitel 15	Zahl	158
Kapitel 16	Zahl	163

Zusatz 166

Alternativ Kapitel
Songausschnitte
Persönliches Nachwort

Vorwort

Die ersten beiden Kapitel des Buches sollten nacheinander gelesen werden. Ab dem dritten Kapitel kann man sich entscheiden ob man in der geschriebenen Reihenfolge lesen möchte oder im Wechsel zwischen den Kopf und Zahl Kapiteln.

Falls man zwei indirekt miteinander in Verbindung stehende Geschichten lesen möchte empfiehlt sich die von mir genutzte Reihenfolge.

Falls man die beiden Leben in den einzelnen Abschnitten miteinander vergleichen möchte, dann empfiehlt es sich zwischen den beiden Kapitel zu wechseln.

Ich persönlich finde es schöner und flüssiger das Buch in der vorgegebenen Reihenfolge zu lesen.

Der komplette Inhalt ist surreal.

I.

Jason sitzt in der Schule und bekritzelt seinen roten Block. Mit einem Edding malt er eine Blume, die sich an den ganzen anderen Zeichnungen vorbei schlängelt und am oberen Ende des Blocks aufblüht. Die anderen Kritzeleien auf dem Block sind Wörter, die zum Teil ganze Sätze mit Reimen oder einzelne Wörter umfassen und Symbole, die entweder frei erfunden sind oder von bekannten Unternehmungen abgezeichnet wurden. Ein wirkliches Talent zum Zeichnen hat er nicht, aber er langweilt sich arg in der Schule und vertreibt sich so die Zeit.
Jason ist ein wirklich intelligenter Junge, der auch sehr kreativ ist und viele gute Ideen hat. Sobald in der Schule ein neues Thema angefangen wird ist er voll engagiert und versteht dieses somit als einer der ersten in der Klasse. Ist das Thema aber für ihn uninteressant oder sieht er keinen Sinn darin dieses Thema weiter durchzugehen, dann schaltet sein Gehirn ab und er konzentriert sich auf

andere Sachen, auf Sachen die ihn interessieren.

Im Moment sitzt er im Matheunterricht. Letzte Woche wurde mit dem neuen Thema „Matrizenrechnung" angefangen. Wie diese miteinander Addiert, Subtrahiert und Multipliziert werden weiß er und im Grunde gibt es auch nicht mehr zu Wissen. Die Frage, was genau er ausrechnet, kann er durch logisches Denken und guter Argumentation beantworten. Während die Lehrerin zum wiederholten Male das Multiplizieren erklären muss, weil die Hälfte der Klasse dieses nicht versteht, wird Jason etwas von seinem Sitznachbarn Micha gefragt: „Hast du die Hausaufgaben für Erdkunde schon gemacht?"

Micha ist einer der klügsten Köpfe in der Klasse wenn es um Zahlen geht. Wie auch Jason findet er das Thema in Mathe einfach und schaut wie er sich die Zeit vertreiben kann. In der nächsten Stunde haben sie Erdkunde und beide haben keine Hausaufgaben gemacht, was für die beiden auch typisch ist. Hausaufgaben werden meistens in den anderen Fächern gemacht, weil man Zuhause keine Lust

hat sich da dran zu setzen.
„Was war auf?", fragt Jason ohne von seinem Block zu schauen. „Irgendwas im Buch.", antwortet Micha „Ich hab mein Buch aber noch im Spind, genau so wie mein Hausaufgabenheft."
Jason schaut nun mit seinen grünen Augen vom Block auf und wendet sich zu Micha. Mit seinem Blick signalisiert er, dass er auch kein Buch bei sich hat. Dabei meldet er sich und flüstert: „150300?" woraufhin Micha nickt. Die Lehrerin sieht, dass sich Jason meldet und nimmt ihn mit einem breiten Grinsen im Gesicht dran, weil sie denkt, dass er einen Beitrag zum Unterricht leisten möchte. Dementsprechend enttäuscht ist sie auch, dass sein Anliegen nur der angebliche Gang zur Toilette ist. Sie genehmigt es ihm und langsam schlendert Jason aus dem Raum. Er lässt sich nun viel Zeit für seine persönlichen Erledigungen, denn die Stunden dauern noch etwas über 70 Minuten.
Der Klassenraum in dem er gerade Mathe hat ist im dritten Stockwerk. Von da aus geht er die Treppen bis zum Untergeschoss runter und über den

Schulhof zu einem Kiosk, wo er sich einen Kaffee und ein Schinkenbaguette kauft. Er führt noch ein wenig Smalltalk mit dem Kioskbesitzer bis er den Kaffee halb leer getrunken hat. Bezahlend verabschiedet er sich von dem libanesischen Landsmann, der sich mit dem Kiosk eine private Goldgrube aufgebaut hat. Jede Pause kommen mehrere hundert Schüler von drei verschiedenen Schulen aus über 13 verschiedenen Stufen zu ihm um sich was zu kaufen.

Von dort aus geht Jason in die erste Etage, wo die ganzen Spinde stehen. Auf dem Weg dort hin schreibt er mit einem Mädchen namens Viktoria. Sie ist zwei Jahre jünger als er und seine absolute Traumfrau. Ihre tiefen braunen Augen und ihr langes, ebenso braunes Haar haben ihn bei der ersten Begegnung den Kopf verdreht. Das Problem an der Sache ist das, dass sie nichts für ihn empfindet und dem Entsprechend kein Interesse hat.

Obwohl sie ihm nicht antwortet starrt er den kompletten Weg bis oben auf den Bildschirm von seinem Handy und trinkt seinen Kaffee. Bei den Spinden angekommen schmeißt er den leeren

Kaffeebecher die Treppe runter und gibt bei Michas Spind die Zahlenkombination 150300 ein. Dieser öffnet sich und Jason nimmt das Erdkundebuch raus. Aus dem Hausaufgabenheft reißt er nur die Seite raus auf der die Hausaufgaben notiert sind. Aus seinem Spind, der immer offen ist, nimmt er einen Turnbeutel heraus und packt das Buch ein.

Auf dem Rückweg isst er das Baguette. Bis zum Klassenraum hat er das nicht ganz aufgegessen und wirft den Rest wieder eine Treppe herunter. Die letzten Krümmel an den Mundwinkeln entfernt er mit Hilfe seiner Frontkamera.

Dann klopft er und eine Klassenkameradin öffnet ihm genervt die Türe. Immer wenn es klopft muss sie aufspringen und die Tür öffnen, weil sie unmittelbar daneben sitzt. Mit einem „Du warst aber lange weg...", empfängt ihn seine Lehrerin. Jason guckt auf sein Handy und antwortet: „Joa, das stimmt wohl." Für seine Lehrerin wirkt das so als hätte er nur wegen der Uhrzeit auf sein Handy geschaut, aber in Wahrheit hat er gehofft eine Nachricht von Viktoria bekommen zu haben.

Zwischen Micha und Jason herrscht

solange Augenkontakt bis Jason wieder auf seinem Platz sitzt. Dort holt er die zerknüllte Seite, aus Michas Hausaufgabenheft, aus dem Rucksack und gibt sie ihm. Micha ist nicht überrascht, dass Jason die Seite einfach raus gerissen hat, da er so was häufig macht. Jason nimmt noch das Buch heraus und legt dieses auf seinen eigenen Tisch. Ein anderer Freund, Lukas, meinte zuvor, dass die Aufgaben reines Abschreiben aus dem Buch sind.
Lukas ist eigentlich auch ein kreativer und engagierter Junge, aber er hört nie richtig zu. Wenn man ihm was sagt, dann muss man es mehr als ein Mal erklären, weil er sonst nichts begreift. In der Schule ist er dementsprechend schlecht und pendelt sich notentechnisch zwischen drei und fünf ein. Im Gegensatz zu Micha und Jason macht er aber seine Hausaufgaben und bekommt die schlechten Noten nicht wegen Faulheit.
Da man die Lösungen schon im Buch stehen hat schreibt sich Jason nur die Seitenzahlen und die ersten Wörter seines Satzes auf. Wenn die Hausaufgaben dann vorgelesen werden müssen weiß Jason was er vorlesen muss. Micha hingegen

macht sich schon mehr Arbeit. Er schreibt die Sätze wenigstens komplett ab und schreibt sich die Seitenzahlen dazu, falls er erklären muss was er mit dem Satz meint. Somit haben die beiden die Hausaufgaben in weniger als zehn Minuten erledigt.

Nach den Aufgaben beendet er die Zeichnung von der Blume auf seinem Block und legt sich entspannt in seinen unbequemen Stuhl zurück. Er begutachtet die Arbeiten an der Tafel. Die Klasse hat wieder nichts neues in Mathe gelernt, weshalb Jason mit seiner Entscheidung die Hausaufgaben zu machen zufrieden ist. Wenn er nicht verstehen würde was an der Tafel steht, würde er es auch nicht nach lernen, weil er nie für irgendwas lernt. Dies wird ihm in fast allen Fächern zum Verhängnis.

Zum Beispiel ist er in Sprachen sehr talentiert und könnte diese innerhalb von einem Jahr fließend sprechen, wenn er Vokabeln lernen würde. Die schwierigen Sachen wie die Grammatik kann er schon bevor er sich vorstellen kann.

In seiner Heimatsprache kann er wunderbar freie Texte schreiben ohne lange nachdenken zu müssen, was er aber nicht kann ist sie beschreiben. Es fängt schon damit an, dass er die Textsorten wie Reportage und Bericht nicht auseinanderhalten kann. In seinen freien Texten sind teilweise auch genial eingesetzte rhetorische Mittel, die er aber nicht bei Namen nennen kann. Die Wirkung jedes Einzelnen wiederum kann er perfekt erläutern.

Somit schreibt er nirgendwo die besten Noten und wird auch nicht den Abschluss bekommen den er für seine Intelligenz verdient hätte.

II.

Trotz seines sprachlichen Talentes und seiner Intelligenz sieht es in der Schule eher schlecht für ihn aus. Dadurch dass er nie lernt, schreibt er schlechtere Arbeiten als es nötig wäre. Aber auch sein Desinteresse am Unterricht machen seine Noten nicht gerade besser.
Mit diesen schlechten Noten sieht Jasons Zukunft nicht rosig aus und er weiß, dass er etwas tun muss um sein Traumleben leben zu können. Seine Eltern können ihm nicht helfen trotz einer vergeigten Schullaufbahn das große Geld zu machen, weil sie auch nur in zwei Betrieben angestellt sind und nicht das große Geld machen. Die Unternehmen bei denen sie arbeiten suchen auch nur Mitarbeiter mit einem gut vollendeten Studium.
Jasons Plan ist es selbstständig zu werden. Am besten mit etwas wo man sich kreativ entfalten kann und im Idealfall etwas wo man durch das Texte schreiben

Geld bekommt. Ursprünglich wollte er die journalistische Laufbahn bestreiten, doch auch dafür braucht man ein Studium oder gute Kontakte. Im Moment scheint es so, dass er nach der Schule in einer Produktionsfirma arbeiten wird, dort kennt er den Chef und er weiß, dass er dort nicht unbedingt die besten Noten braucht. Die Bezahlung ist zwar auch nicht der Rede wert, aber er bekommt immerhin Geld und kann arbeiten.

Für ihn gibt es aber zwei Berufe die für ihn perfekt sind. Der eine Job wäre es ein freiberuflicher Autor zu werden und der andere wäre es Rapper zu werden. Beides sind in den Augen der meisten anderen Menschen nur Traumjobs und nichts von Bedeutung, aber wenn man eine so schlechte Ausgangslage wie Jason hat, dann hat man keine andere Wahl als sich nach Traumjobs umzusehen. Für ihn gibt es also zwei Möglichkeiten, entweder er arbeitet hart und viel für wenig Geld oder er versucht mit etwas was ihm Spaß macht viel Geld zu verdienen. Beim zweiten ist jedoch die Gefahr in mehreren Monaten überhaupt kein Geld zu haben beziehungsweise niemals Geld zu verdienen.

Diese Bedenken hat Jason aber nicht. Er ist überzeugt davon mit beiden Erfolg zu haben und somit auch Geld zu verdienen. Ihm steht nur das Problem im Weg, dass er nicht weiß ob er lieber mit Rappen oder Schreiben sein Vermögen anhäufen möchte. Dies sind zwei Sachen die in zwei unterschiedliche Kulturkreise gehen und jeweils für sich die komplette Aufmerksamkeit erfordern. Wenn man an einem Buch arbeitet kann man nicht gleichzeitig an einem Album arbeiten oder wenn man gerade ein Konzert gibt kann man sich nicht auf die Vorlesungen in den nächsten Tagen konzentrieren.

Des weiteren zählt Rap für die meisten Menschen als Kriminell, auch wenn es zu genüge „netten Rap" gibt. Bücher hingegen werden meist von Intellektuellen gekauft und gelesen. Natürlich gibt es viele Ausnahmen in beiden Fällen und sicherlich gibt es auch Geschäftsmänner die mit Rap vom Büro zu ihrer Villa fahren und dort ganz entspannt mit ihrer Ehefrau vor dem Kamin über ein neues Buch diskutieren.

Jason möchte mit dem was er macht nicht

verstellt wirken. In beiden Träumen sieht er Vorteile und Nachteile. Als Rapper wäre er auch zwangsweise Berühmt, was nicht unbedingt was schlechtes ist, aber als Autor kann er frei entscheiden wie bekannt er ist. Sollte er einen Bestseller geschrieben haben, muss er nicht in die Öffentlichkeit, sollte man aber ein erfolgreiches Album veröffentlicht haben, dann muss man sich auch in der Öffentlichkeit präsentieren, immerhin verdient man sein Geld nicht nur mit dem Albumverkauf sondern auch mit den Auftritten zum Album. Der Autor hat nicht den Drang danach Vorlesungen zu geben, denn ein Bestseller bringt hauptsächlich durch den Verkauf Geld ein.

Jedoch hat man es als Rapper leichter bekannt zu bleiben. Hat man einmal ein erfolgreiches Album veröffentlicht kann man mit Hilfe von anderen Interpreten immer wieder neue Lieder produzieren, die dann definitiv weltweit gehört werden. Auch durch Werbung mit Werbefirmen kann man seine Bekanntheit aufrecht erhalten. Ein Autor wird, selbst wenn er berühmt ist, niemals die gleiche Relevanz als Werbefigur oder für eine

Zusammenarbeit haben wie ein Musiker.
Egal für welches Leben sich Jason entscheidet, er wäre definitiv glücklich damit wenn er dabei auch Erfolg hat. Die Frage was von beiden er nun endgültig machen soll beschäftigt ihn schon seit über einem Jahr. Heute, nach dem wiedermal so langweiligen Schultag und einer weiteren schlechten Note in der Klassenarbeit in Geschichte will er sich entscheiden.
Eine Stunde sitzt er vor seinem roten Block und schreibt die Vorteile wie auch Nachteile des jeweiligen Berufes auf. Immer wieder vergleicht er die beiden miteinander und findet einfach kein Ergebnis.
Neben ihm liegt eine Münze mit einer Zahl vorne und einem Kopf hinten. „Die muss es jetzt entscheiden.", denkt er sich. Bei Zahl ist es das Buch, denn Zahlen symbolisieren Bildung und Bildung kommt durch Wissen und Wissen erlernt man aus Büchern. Beim Kopf hingegen ist es Rap, denn der Kopf symbolisiert in diesem Fall die Bekanntheit. Jeder wird wissen wie der Rapper aussieht.
Mit dem Münzwurf wird er zwei

unterschiedliche Zeitstränge erschaffen und er wird nur wissen wie der verläuft, den er einschlägt. Jason schnippst die Münze mit seinem Daumen in die Luft. Sie dreht sich mehrere Male bis er diese wieder fängt. Dann klatscht er die rechte Hand mit der Münze auf seinen linken Arm.

Angespannt und langsam nimmt er seine Hand weg und lächelt beim Betrachten von dem Ergebnis.

KOPF

Steht für ein Leben als Rapper.

III.

Die Münze zeigt Kopf.
Zufrieden nimmt Jason ein Feuerzeug und einen Ordner, in dem er alle Notizen, Muster und Vorlagen von seinen geplanten Buchprojekten hat. Diesen schmeißt er dann draußen auf den betonierten Boden und zündet ihn an. Symbolisch steht diese Aktion für das Ende als Autor und den Beginn als Rapper.
Beim Reingehen schnappt er sich seinen Laptop und den Schuhkarton mit Ideen für ein Album. Schon vor einigen Jahren schrieb Jason an Raptexten und rappte diese mit einem Freund zusammen. Nach einem schlimmen Unfall, bei dem sein Freund Jerry starb hörte auch er auf zu rappen. Eine lange Zeit nach dem Unfall verkroch er sich in seinem Zimmer. Nach einiger Zeit legte sich das, doch Jason wollte, von da an, nie wieder Rap machen. Vor kurzem hat er seine Liebe zur Musik wiedergefunden und er will sein damaliges Talent wieder auffrischen. Die beiden

hatten schon ein gutes System wie ihre Lieder aufgebaut sein sollten und was der Inhalt sein sollte. Auch ihre Künstlernamen (Jerry Stejeck und Jason Wejame) hatten eine tiefere Bedeutung. Der erste Teil des Namens ist bei Jason sein wirklicher Name und bei Jerry sein Spitzname, auf den er aber eher hörte als auf seinen richtigen Namen „Jeremy". Der zweite Teil der Namen leitet sich von verschiedenen Faktoren ab. Das „Ste-" von Jerry und das „We-" von Jason lässt sich von deren Nachnamen ableiten, die mit den jeweiligen Anfängen beginnen. Das „-je-" beziehungsweise das „-ja-" beziehen sich auf die Vornamen Jeremy und Jason. Das Ende bedeutet bei beiden etwas Anderes und dennoch das Selbe. Bei Jason sind es die Anfangsbuchstaben seiner Eltern und bei Jerry die Initialen seiner großen Schwester. Es wurde sich auf verschiedene Personen bezogen, weil Jerry seine Eltern nie kennenlernen konnte, da sie wegen eines Verbrechens im Gefängnis saßen. Jason hingegen lebt bei seinen ein beschwerdefreies Leben. Die jeweiligen Personen wurden ausgesucht, weil diese die Vertrauenspersonen in der eigenen Familie sind. Jerry starb vor einigen Jahren an einem Sprung von einer Brücke, weil dieser dachte, dass er ein Vogel sei als er auf einer unbekannten Droge war.

Seinen zweiten Song auf seinem Album widmet Jason seinem ehemaligen besten Freund Jerry. Er will ihm im Himmel zeigen, dass er immer noch eine der wichtigsten Personen in seinem Leben ist und er ihn nie vergessen wird. Bis heute hat er auch nie mit jemand anderen Musik gemacht was man in der letzten Zeile in seinem Lied „Jerry Stejeck" hört: „To this day it's a fact you're the only one with whom I rapped." (Deutsch: Bis heute ist es ein Fakt, dass du der Einzige bist mit dem ich gerappt habe.)

Erst nachdem Jason mit diesem Lied fertig ist schreibt er an den anderen Liedern weiter. Der erste Song von seinem Album „Golden Tongue" (Deutsch: Goldene Zunge) heißt genau so wie das Album selbst. In diesem Lied stellt er sich selbst als einen sprachgewandten Gott dar. Die goldene Zunge steht somit als Metapher für die perfekte Verwendung der rhetorischen Mittel. Des weiteren werden immer wieder Anspielungen auf den sexuellen Kontakt mit dem weiblichen Geschlecht gemacht, bei dem er mit seiner Zunge die ultimative Befriedigung erzeugen soll. Auch andere Rapper werden in dem Lied beleidigt, wobei keiner direkt angesprochen wird sondern die Rapper verallgemeinert werden.

Ein weiteres Lied bezieht sich auf einen ehemaligen Klassenkameraden von ihm und Jerry. Ein Teil des Liedes ist von den beiden geschrieben wurden. Der Junge ist fast immer alleine gewesen, weil seine Eltern wollten, dass er eines Tages mal ein selbständiger Mann mit einem guten Job ist. Nie war dieser draußen und hatte Spaß. Jeden Tag hockte er vor seinem Schreibtisch und manche Kinder (so wie Jason und Jerry) beobachteten ihn durch das Fenster. Diesen Jungen hat man nicht mal in der Schule lachen gesehen, es gab sogar ein Gerücht, dass er verflucht worden wäre und keine Freude empfinden konnte.

Viele von seinen 14 Liedern beinhalten noch Teile von Jerry und ihm aus der Vergangenheit denn er hat diese Texte, wie auch viele Ideen, in dem alten

Schuhkarton gelagert. Mit in dem Karton sind Wertsachen von Jerry, die seine Schwester an Jason weitergegeben hat, nachdem dieser verstorben ist.

Auch die Beats für seine Texte sind alle von Jerry. Auf einer CD hatte er schon eine Instrumentalversion ihres ersten Albums geladen. Die Beats sind genau auf die alten Texte angepasst und führen flüssig von Lied zu Lied. Auch wenn sich Jasons Rapstil etwas verändert hat, mag er die Beats immer noch und er findet auch, dass genau diese eigenartigen Beats dem Album eine persönliche Note geben.

Jetzt fokussiert er sich am Meisten auf die Texte. Mit einem Blatt und einem Stift schreibt er mehrere Zeilen und sucht dazu passende Reime. Mit einem englischen Wörterbuch und einem Übersetzer in seine Heimatsprache sitzt er vor dem Blatt und hört sich immer wieder den Beat an. Jeder fertige Vers wird auf den Beat gerappt. Wenn dies gut klingt übernimmt er das, wenn es nicht gut klingt überarbeitet er es so lange bis es gut klingt.

Insgesamt schreibt er 14 Lieder, die nach

dem Muster von Jason und Jerry aufgebaut sind: Sinnvoller Inhalt, einprägsamer Refrain und am wichtigsten verschiedene Rapstile. Dem Muster gaben die beiden den Namen MJW was für Mr Jerry Wejame steht. Dieses Muster stellt Jerry als Rapper in den Vordergrund und Jason als Schreiber in den Hintergrund. Wenn man das Muster genau auf jetzt definieren möchte, dann kann man zwar die Abkürzung beibehalten, aber man sollte bei der Begriffserklärung das Jerry durch Jason verändern.
Es gab noch das zweite Muster, das MJS was für Mr Jason Stejeck stand, doch die genaue Bedeutung davon ist nicht mehr ganz vorhanden, weil es in diesem Fall so gewesen wäre, dass Jason rappt und Jerry den Text übernimmt. Zwar konnten beide beides gut, aber anders herum wären sie wohl erfolgreicher geworden, was man den gemachten Liedern entnehmen kann.
Jason versucht verschiedene Betonungen, andere Formulierungen und komplett andere Sätze. Nach spätestens drei Versuchen sitzen die Zeilen in der Regel auf dem Beat und er kann mit der

nächsten weiter machen. Für einen Text mit 16 Strophen schreibt er fast 50 verschiedene Strophen, die miteinander zusammenhängen, um dann die besten 16 davon zu benutzen.

Mit dieser Arbeit braucht er ungefähr zwei bis drei Stunden für eine Minute in dem Lied. Also braucht er für ein Standartlied von drei bis vier Minuten sechs bis zwölf Stunden, sprich einen Arbeitstag.

Sein festgelegtes Ziel ist es die Texte für alle 14 Lieder innerhalb der nächsten acht Tage zu schreiben. Wenn er das geschafft hat will er innerhalb von vier Tagen alle Lieder aufnehmen und sortieren. Wenn er das schaffen sollte, dann kann er schon in 18 Tagen ein komplettes Album fertig stellen und versuchen sich mit diesem auf dem Markt zu etablieren.

IV

Nachdem Jason nun jeden Tag an dem Album gearbeitet hat, ist er tatsächlich nach 14 Tagen mit dem Schreiben fertig. Er hat auch schon zwei Tage lang die Texte auf die Beats gerappt, doch Jason ist mit der Qualität nicht zufrieden. Die Beats klingen hoch professionell, aber seine Stimme klingt schlecht, zum einen weil sie mit einem billigen Laptopmikrofon aufgenommen wurde und zum anderen weil diese unbearbeitet ist.

Ein alter Freund von Jason und Jerry, Steve, der immer mit den beiden rumgehangen hat, ist Besitzer eines Tonstudios. Nach Jerrys Tod hatten Jason und Steve nicht mehr viel miteinander zu tun. Bei der letzten Begegnung erzählte Jason, dass er kein Interesse mehr am Rap habe. Steve machte ihm damals das Angebot, falls er sich doch wieder für die Musik entscheiden sollte, dann könne er in seinem Studio (damals noch das Studio des Vaters) kostenlos eine Platte aufnehmen.

Auch wenn sich Jason nicht mehr sicher ist ob das Angebot steht, begibt er sich zu dem Studio. Lange hat er Steve nicht gesehen und er ist sich nicht sicher, wie dieser auf seinen Besuch reagieren wird. Das Studio liegt hinter einer alten Fabrik. Bis jetzt war Jason nur zwei Mal hier, denn er und Jerry haben zuvor nur zwei Lieder aufgenommen. Der Eingangsbereich ist immer noch so verschmutzt und ranzig wie damals.

Quietschend öffnet Jason die große Stahltüre und begibt sich in die erste Etage, wo eine kaputte Holztüre mit der Aufschrift „Tonstudio ist besser als der Eingang" leicht geöffnet ist. Leise betritt er das Studio. Es riecht, wie damals, nach Marihuana und Mottenkugeln. Eine einzelne Glühbirne versucht den Eingangsbereich aus einem dunkelroten Teppich und braunen Holzwänden aufzuhellen. Man erkennt drei Zugänge zu Räumen. Der erste, ohne Türe, ist der wo wahrscheinlich Steve sitzen wird, dort ist nämlich der Bearbeitungsraum vom Tonstudio. Der zweite, der wenigstens eine Tür hat, führt zum Aufnahmeraum und der dritte, der geradeaus von der Eingangstüre ist, führt zum Klo.

Jason betritt den ersten Raum mit dem gigantischen Pult, den vielen Boxen und dem extremst gemütlichen Sofa. Vor dem Pult, das hinter einer Glasscheibe ist, sitzt Steve. Von damals bis heute hat dieser sich kaum verändert. Wie damals schon trägt Steve ein Hawaiihemd, eine große runde Brille und einen Tunnel im linken Ohr. Die einzige Veränderung sind seine Tattoos, die sogar seinen kompletten Hals, seine Hände und seine Arme zieren.

Steve guckt kurz zu Jason rüber und meint: „Wie kann man helfen?" „Du hattest mir und Jerry mal ein Angebot gemacht...", antwortet Jason. Steve dreht sich vom Pult weg in Jasons Richtung. Kurz begutachtet er ihn und springt dann auf: „Jason!" Der Sänger hinter dem Glas schaut verdutzt. „Man ich hab dich ewig nicht gesehen. Willste wieder zurück ins Business?" „Hatte ich vor, ja." Mit einem Sprung sitzt Steve wieder vor seinem Pult. Jason setzt sich währenddessen auf die Couch dahinter.

„Aiyyo, Mesu, heute nehm ich nix mehr auf. Komm morgen wieder.", Steve dreht sich vom Mikrofon um zu Jason, während der Sänger hinter dem Glas den Aufnahmeraum und ohne Verabschiedung das Tonstudio verlässt. „Also du machst wieder Rap?" „Ja, ich hab mir gedacht wieder mal das zu machen was ich liebe." Das Jason das alles nur wegen dem Geld macht was er verdienen könnte will er Steve nicht erzählen, da Steve ein Mensch ist der Musik und nicht das Geld liebt. Letztes Jahr hat Steve sogar seine Wohnung gekündigt um in seinem Tonstudio zu schlafen. So fühlt er sich mit der Musik, die in dem Studio gemacht wird, verbundener.

Jason erklärt Steve wie er die Texte geschrieben hat, dass er die Beats von Jerry benutzen will und was Steve mit seiner Stimme machen soll. Steve findet seine Ideen genial und fängt direkt mit dem Produzieren an. Jason soll sich sofort in den Raum stellen und mit dem ersten Lied anfangen.

Die beiden produzieren die ganze Nacht, bis zum nächsten Morgen, die Lieder durch. Ab und zu gehen sie zum Supermarkt um die Ecke um Essen und Trinken zu kaufen. Steve und Jason

wollen nach dieser Aufnahmesession fertig sein. Was sie auch schaffen.
Am nächsten Morgen, völlig zerstört, zieht Steve alle fertigen Lieder auf einen USB-Stick und gibt sie Jason mit. Die Vermarktung soll Jason alleine machen, weil Steve mit so was keine Erfahrung hat und auch kein Interesse hat dies zu machen. Ohne was bezahlt zu haben geht Jason wieder.
Zuhause angekommen lädt er das Album auf verschiedenen Video- und Musikplattformen hoch, damit es so viele Menschen wie möglich sehen und hören können. Die „Musikvideos" haben einen bunten Hintergrund wo in schwarz und weiß der Songtext steht. Dadurch sehen die „Musikvideos" für alle Lieder exakt gleich aus.
Eine digitale Version des Albums schickt er an verschiedene Rapper und Produzenten. Er erhofft sich so eine Einladung in deren Studios um einen Vertrag zu bekommen. Es würde ihm aber auch schon reichen wenn die anderen Rapper ihn auf irgendwelchen Social Networks erwähnen würden.
Weil er das Album auch in kleinen

Musikläden in der Gegend und im Internet verkaufen möchte muss er ein Cover erstellen. Zu seinem Glück hat sein Vater auf einem der Arbeitsrechner ein Bildbearbeitungsprogramm mit dem er das machen kann.
Für sein Cover nimmt er einen weißen Hintergrund und eine eigene Zeichnung von einer Hand, die den Mittelfinger und den Zeigefinger gespreizt in die Höhe streckt. Zwischen den beiden Fingern ist eine Zunge, diese ist dem Namen entsprechend Gold. In der Zunge steht in schwarzer Schrift der Name des Albums. Mit einer anderen Schrift wird Jasons Name in die obere linke Ecke geschrieben. Die Zunge kommt aus einem Mund mit knallroten Lippen und großen weißen Zähnen, wie auch Jasons Zähne aussehen. Als eine Art Witz macht er noch ein paar Striche über den Mund, diese stehen für einen kleinen Flaum wie auch er ihn hat. Seine Freunde und er machen sich immer darüber lustig, denn sein Bartwuchs ist nicht stark ausgereift und er macht das Bisschen was er an Bart bekommt so gut wie nie weg, da er sich mit seinen Einwegrasierern jedes Mal

schneidet. Seinem fertigen Cover fügt er einen Verbraucher Hinweis hinzu, der auf vielen Alben drauf ist. Der warnt davor, dass die Texte beleidigend und/oder vulgär wie auch sexistisch sein könnten.

V

Er sitzt im Zug auf dem Weg nach Hause. Wie jeden Schultag sitzt Jason gelangweilt an seinem Handy und schaut sich die neusten Nachrichten auf den sozialen Netzwerken an. Währenddessen hört er ein neu gefundenes Rap Album aus den 90ern mit der Art von Rap die ihm so gut gefällt.

Gerade will er den Bildschirm schließen und entspannt aus dem Fenster gucken, da erscheint eine neue Nachricht auf seinem Handy. Diese Nachricht ist von einem seiner Lieblingsrapper, Will Wonder. Dieser ist zwar nicht der erfolgreichste von denen die er angeschrieben hat, aber er ist einer der talentiertesten.

Will Wonder kann extremst schnell rappen. Sein schnellstes Lied zählt fast 15 Silben pro Sekunde. Damit hat er erst vor kurze einen neuen Weltrekord aufgestellt.

In seiner Nachricht steht, dass die beiden ein Album produzieren können. Dank seiner früheren Zeit hat er noch gute Kontakte für eine Zusammenarbeit in Sachen Video und Musik. Er steht auch in Kontakt zu anderen Rappern die Jason zuvor angeschrieben hat.

Das einzige Problem ist, dass Will ihm kein Hotel oder Flug bezahlen kann. Als Unterkunft müsste die Couch im Produktionsstudio reichen. Den Flug muss er aber dann trotzdem zahlen. Auch wenn Jason dadurch einen Plattenvertrag bekommt, heißt es noch nicht automatisch, dass er Erfolg haben wird. Aber er bekommt schon mal einen tieferen Einblick in die Rapszene und könnte unter guten Umständen Geld verdienen, im besten Fall sogar viel.

Jason sagt Will zu, dass er vorbeikommen möchte. Genauere Infos ab wann er es finanziell schaffen würde möchte er Will noch in den kommenden Tagen sagen. Er ist sich noch nicht ganz sicher ob er genug Geld für eine Reise nach Amerika auf dem Konto hat.

Jason ist überglücklich ein Angebot zu haben. Er ändert das Album, welches er gerade hört, zu einem von Will und legt sich jetzt entspannt in den Sitz zurück, er schließt seine Augen und lächelt. Dadurch verpasst er zwar, dass Viktoria in den Zug gestiegen ist, aber eine Begegnung hätte seine Laune wahrscheinlich nicht verbessert. Erst als die Kontrolleurin ihn anstupst merkt er, dass er eine Haltestelle zu weit gefahren ist. Um ihn herum sitzen sogar drei stinkende Senioren, dessen Anwesenheit Jason bis gerade gar nicht wahrgenommen hat. Bei der nächsten Station steigt er aus und fährt mit dem anderen Zug wieder in Richtung Zuhause.

VI

Jason ist nicht direkt mit den Zug nach Hause sondern zur Bank gefahren. Bevor er irgendjemanden Bescheid gibt, dass ihn ein Rapper unter Vertrag nehmen will, will er wissen ob er sich ein Ticket nach Amerika überhaupt leisten kann. Während er sich die niedrige Summe auf seinem Bankauszug anschaut gibt er im Internet ein, wie viel ein Last-Minute-Ticket kostet und ab wann er fliegen könnte.
Zu seinem Glück ist ein extremst günstiges Ticket ohne Hotel in der Nähe des Studios von Will verfügbar. Jason schreibt ihm, dass er schon nächste Woche kommen könnte aber dann kein Hotel habe. Will sagt ihm zu, dass er bei ihm im Studio schlafen könne. Jason ist damit zufrieden und kauft ohne das Wissen seiner Eltern das Ticket online.
Entspannt und glücklich latscht Jason von der Bank aus nach Hause und erzählt seinen Eltern nun von den aufregenden Neuigkeiten. Seine Mutter freut sich für

ihn, aber sein Vater ist stinksauer. Dieser kann nicht verstehen wie Jason sein theoretisch gutes Leben für einen Traum ohne wirklichen Halt in einem mehrere hundert Kilometer entfernten Land wegwerfen kann. Auch wenn Jasons Vater weiß, dass er das Ticket bereits gekauft hat, versucht er es Jason auszureden. Jasons Mutter schickt ihn in sein Zimmer, weil sie sich mit seinem Vater darüber unterhalten möchte.

Nach fast einer Stunde kommen seine Eltern wieder in sein Zimmer. Die ganze Zeit über hat Jason an weiteren Texten und Textverbesserungen gearbeitet. Seine Eltern sind zu dem Entschluss gekommen, dass sie ihn für die eine Woche, für die er ein Ticket hat unterstützen werden, aber wenn er dann wieder Zuhause ist und es sich in Amerika nicht positiv im Bereich Rap verändert hat, dann muss er sich hier extremst anstrengen das Schuljahr bestmöglich zu bestehen oder sogar im schlimmsten Fall zu wiederholen. Natürlich willigt Jason diesen Anforderungen ein, im Hintergedanken ist er aber schon in Amerika und produziert mit seinem Idol

Musik.

Die komplette Woche vor dem Flug verbringt Jason mit dem Zusammenpacken und Sachen kaufen. Als ein kleines Dankeschön für die Chance kauft Jason Will sogar ein Geschenk. All seinen Freunden erzählt er von der genialen Möglichkeit. Einer, David, will sogar mitkommen, hat aber leider nicht das Geld dafür. David ist Jasons bester Freund in Sachen Rap und kommt mit ihm somit am besten klar. „Wenn ich Erfolg habe, dann bist du der Erste der mit mir durch die Welt reist.", verspricht Jason.
Heute ist es dann endlich soweit. Jason fliegt nach Amerika. Fast 18 Stunden Flug erwarten ihn jetzt, da er einen Zwischenstopp einlegen muss. Seine Mutter gibt ihm einen dicken Kuss auf die Stirn und will ihn gar nicht alleine gehen lassen. Sogar sein Vater, der normalerweise eher emotionslos ist, umarmt ihn heute und meint: „Nicht, dass dich irgendein Niggah auf der Straße anschießt." Das ist genau die Art von Humor die Jason mit seinem Vater

verbindet. Mindestens zwei Mal am Tag zeigen sie sich gegenseitig Videos oder Bilder mit schwarz humorigem Inhalt.

Nun startet das Boarding und Jason tritt in das Flugzeug, dass ihn zuerst nach Japan und dann in den Westen von Amerika bringt. Der Pilot gibt eine kaum zu verstehende Durchsage und die hübsche, blonde Stewardess erklärt die Sicherheitshinweise. Eingequetscht zwischen einem dicken Japaner und einer noch dickeren Amerikanerin sitzt der dünne Jason an seinem Block und schreibt weiter an seinen Texten.

VII

Nach den 18 Stunden, wovon drei Stunden in Japan am Flughafen verbracht wurden, ist Jason endlich auf dem Weg zu Will, der ihn vom Flughafen abholen will. Womit er aber nicht gerechnet hat ist die Kontrolle. Knapp zwei Stunden muss er warten bis er dran ist und dann wird er fast genau so lange untersucht. Zuerst wollten sie ihn ziemlich schnell durch lassen, da er keine Gefahr zu sein schien, doch dann wurde er gefragt was er vorhabe. Seine Antwort war berühmt werden, was das Sicherheitspersonal scheinbar oft gehört hat, was sie aber nicht so oft gehört haben ist wohl der Name Will Wonder. Erst musste recherchiert werden wer diese Person ist, als dann raus kam wie er wirklich heißt und dass diese Person ein ehemaliger Sträfling ist, musste Jason sich immens vielen, vorweg auch dummen, Fragen stellen.
Als er dann also nach vier Stunden den

Flughafen verlassen darf, muss er erst mal Will finden, was nicht ganz so einfach ist. 20 Minuten rennt Jason hin und her bis er sich bei einem Internetcafé WLAN besorgt und Will anschreibt. Dieser erklärt ihn dann den Weg aus dem Flughafen und somit schaffen es Jason und Will nach über 4 ½ Stunden, nach der Landung, zusammen.

Mit einem großen, schwarzen SUV steht Will vor Jason. Die Begrüßung verläuft so als würden sie sich schon ewig kennen. Mit einem brüderlichen Handschlag grüßen sie sich und als wäre es üblich packt Jason seine Sachen in den Kofferraum vom SUV.

Sie fahren zum Studio und Will erklärt wie er sich die zukünftige Zusammenarbeit vorstellt. Will braucht nicht das große Geld und auch keinen großen Erfolg, er will einfach nur überleben und Musik machen. Falls Jasons Plan anders sein sollte, was er auch ist, dann hilft Will ihm aber trotzdem, weil auch einige seiner engsten Freunde weltweiten Erfolg haben und er weiterhelfen kann. Er möchte nur wissen was Jason genau anstrebt um genau das zu erreichen und dahin zu arbeiten.

Im Studio angekommen zeigt Will Jason seinen Schlafplatz für die Woche. Eine Schlafcouch in einer eigentlichen Umkleide. Das Studio hier riecht, wie auch das von Steve, nach Marihuana aber nicht nach Mottenkugeln. Auch der Eingangsbereich ist heller und freundlicher, das komplette Studio ist moderner. Beim reingehen in den Produktionsbereich sieht Jason schon den nächsten Rapper, aber diesmal einen weltweit erfolgreichen. Sein Name ist Smells Wolf. Hauptsächlich durch seine sehr in der Drogenszene bekannten Lieder hat er sein Image und seinen Erfolg.

Will Wonder erklärt, dass Wolf bereit wäre auf einem der Lieder von Jasons Album dabei zu sein. Falls Jason Interesse hätte, könnten Will und Wolf noch einige andere Rapper an Bord holen um ein neues Rapalbum, welches nun wirklich ausschließlich aus Rap bestehen würde zu produzieren. Anderenfalls könnte Jason das Album auch alleine rappen oder sich Sänger beziehungsweise Sängerinnen suchen und ein rein kommerzielles Album aufbauen.

Jason entscheidet sich ziemlich schnell dafür ein reines Rapalbum zu produzieren, wobei die Jerry-Beats beibehalten bleiben sollen. In seinen Augen hätte auch Jerry das so gewollt. Will sagt Jason zu morgen alle in Frage kommenden Rapper, aus einer Liste, auszusuchen und sich dann dementsprechend für welche zu entscheiden.

Den restlichen Abend über kiffen die drei zusammen bis Smells zurück in seine Villa und Will zurück in sein Haus fahren. Jason fühlt sich nun ein bisschen wie Steve, denn beide schlafen heute Nacht in einem Tonstudio um der Musik näher zu sein.

VIII

Nach einer überraschend gemütlichen Nacht im Studio wird Jason von Will geweckt. Er möchte, dass sie zusammen Frühstücken gehen und sie nachdenken wen sie für ihr Album haben wollen. Jason geht sich kurz in dem winzigen Badezimmer waschen und zieht sich seine Lieblingsklamotten an. Ein weißer, sehr lässiger Pullover mit einer weit geschnittenen blauen Hose und weiß goldenen Schuhen. Sogar in Amerika dürfte er mit diesem Outfit auffallen. Will trägt eine braune lockere Hose und auch sehr auffallende Schuhe. Zum ersten Mal sieht Jason ihn mit einer schwarzen Brille.
Die beiden fahren mit dem SUV in die Stadt. Von dort aus steuern sie ein großes Café an, in dem Will sogar einen Tisch für die beiden und Smells im oberen Stockwerk reserviert hat. Im oberen Stockwerk von dem Café sind nur die Reichen und Berühmten, weshalb sich Jason schon wie ein Teil der bedeutsamen

Rapszene fühlt. In Wahrheit müssen sie aber nur wegen Smells oben sitzen, weil dieser tatsächlich von vielen erkannt wird. Will Wonder ist zwar in der Rapszene bekannt aber kaum da drüber hinaus, wodurch ihn nur wirkliche Hip Hop-Fans kennen.

Genau so wie sich Will und Wolf begrüßen, begrüßen sich auch Jason und Wolf. Smells mag Jasons Arbeit auf dem Album und möchte als Feature in einem Lied, wo es ums rumhängen geht, dabei sein. Jason findet diese Idee brillant, weil er sehr gut in dieses Lied passt. Will hingegen wird als Feature in einem anderen Lied, das mehr auf Geschwindigkeit ausgelegt ist, dabei sein. Auch das findet Jason perfekt, aber für dieses Lied hätte er gerne einen weiteren Rapper an Bord. Wegen der Geschwindigkeit fände er es am Besten wenn noch Matey Poems bei dem Lied dabei wäre.

Matey ist ein sehr gefeierter Rapper, der auch hauptsächlich in der Rapszene bekannt ist und dort seine Erfolge feiert. Aber ein paar seiner Lieder haben es auch in die weltweiten Charts geschafft, wodurch Matey kein unbeschriebenes Blatt ist der allgemeinen Musikindustrie ist.

Ein guter Freund von Smells, mit dem er auch immer wieder zusammenarbeitet, hat diesen unter Vertrag wodurch es möglich sein dürfte diesen tatsächlich für das Lied zu gewinnen. Auch weitere Rapper, die Jason gerne dabei haben möchte, sind bei Smells Kumpel unter Vertrag. Die drei beschließen nach dem Frühstück mal zu ihm zu fahren um dann dort mit den anderen Rappern zu sprechen.

Smells bezahlt den beiden das teure Essen und nimmt Jason in seinem, deutlich teureren, SUV mit. Smells Kumpel, dessen Name Professor You ist, kennt Will auch aber die beiden haben nicht viel miteinander zu tun. Will meint, dass er dann schon mal in seinem Tonstudio ist und seinen Part auf die Beats rappt beziehungsweise den Text schreibt, weil sie schließlich nur eine Woche haben um das komplette Album fertig zu stellen. Des weiteren widmet er sich der Planung für den Rest dieser Woche.

Jason und Wolf fahren währenddessen zu You und zeigen ihm sein Album. In dem Studio, welches noch größer, moderner und bequemer ist als das von Will, sitzen noch andere Rapper, worunter sich auch Matey befindet. Ihm schlägt Jason direkt ein Lied vor, wo er dann auch zusammen mit Will rappen soll. Smells und Jason erklären, dass Jason Amerika am Ende der Woche wieder verlässt und am liebsten ein neues Album mitnehmen will, weshalb die anderen Rapper alle nur geringfügig Zeit hätten ihre Texte für die Parts in den Liedern zu schreiben.

Matey erklärt sich sofort bereit bei dem einen Lied mitzumachen. You gibt zwei seiner prominentesten Schützlingen Bescheid, dass sie auch vorbeikommen sollen um sich das Album mal anzuhören. Er selbst würde sich sogar bereit erklären auf dem „Your Way" Lied einen Part zu übernehmen.

Wenn es nach Jason geht, sollte auf jedem der Lieder mindestens ein weiterer Rapper vertreten sein. Bis jetzt scheint es auch nicht unmöglich dieses Ziel zu erreichen. Aufgeregt sitzt Jason auf der Couch. Bis jetzt hat er es noch gar nicht richtig begriffen, dass er hier mit ein paar der wichtigsten Menschen im Rapgeschäft sitzt. Er trinkt etwas Wasser, während sich You das Album weiter anhört und Smells sich wieder einen Joint raucht.

You gefällt das Album komplett. Darauf antwortet Jason, dass er das alles aber noch mal neu bei Will aufnehmen möchte, wofür er auch die anderen Rapper bräuchte. Überraschender weiße findet You das gar nicht schlimm, dass seine Rapper mit einem anderen Produzent aufnehmen sollen. Des weiteren möchte You auch wissen, wer die Beats gemacht hat, worauf Jason nur antwortet: „Der Typ aus dem zweiten Lied."

Nach dieser Antwort entsteht ein kurzes Schweigen bis man zwei Stimmen von draußen hört. Es sind Duck Worth und Jobru, die beiden von You gerufenen Rapper. Duck ist weltweit bekannt und beliebt. Er gilt als einer der besten Rapper überhaupt, weil er Rap nur macht weil er ihn liebt und nicht nur weil er Geld brauchte beziehungsweise braucht. Das Gleiche gilt für Jobru, mit dem Unterschied, dass Jobru als bester Rapper überhaupt und nicht nur als einer der Besten gilt. Auch die beiden hören sich das Album an und Jason ist überglücklich, dass Jobru, Jasons Vorbild, dieses Album gefällt. Er ist bereit bei zwei der Lieder mitzumachen, wenn bei einem weiteren einer seiner Schützlinge, Mopdog mitmacht. Für Jason ist das natürlich kein Problem, desto mehr Rapper, desto mehr Leute werden sich die Lieder wahrscheinlich anhören.

Von Smells kommt noch die Idee, dass einer seiner anderen Freude, die weniger mit dem Label zu tun haben mitmacht, denn dieser ist genau so berühmt und die beiden haben ungefähr den gleichen Ruf, wodurch dieser eine Song besonders bei deren Fans ankommen wird.

Die einzige Gefahr an so vielen bekannten Features ist, dass Jason als Rapper in den Hintergrund rutschen könnte, was ihm persönlich aber relativ egal ist, weil er sich dann trotzdem mit einem bekannten Album etabliert hat und Geld macht.

Wie ein alter Freund gibt Jason jedem der anderen Rapper die Hand und verabschiedet sich.

Für das Lied „Jerry Stejeck" möchte Jason auch noch jemanden dabei haben, das

Problem ist aber, dass er einen Rapper haben will der gegen und nicht für Drogenkonsum ist. Auch wenn er selbst kein großes Problem mit dem Konsum hat, wirkt es nicht authentisch, wenn ein Kiffer gegen Drogen rappt. Für dieses Lied fallen ihn zwei Rapper ein die überhaupt nichts mit all den anderen Rappern zu tun haben. Ein mal Marksin und Taintlow, die wiederum auch nichts miteinander zu tun haben. Wen von beiden er für sein Album gewinnen kann hängt ganz davon ab an wen er zuerst ran kommt.

Bevor er sich aber darüber weiter Gedanken machen muss, fährt ihn Smells zurück zu Will, denn die beiden müssen die bereits im Internet veröffentlichten Lieder raus nehmen und anfangen alle Parts von Jason Wejame aufzunehmen. Smells Wolf, Matey Poems, Professor You, Duck Worth, Jobru, Mopdog und Seyd Taylor, der Rapkumpel von Smells Wolf, wollen ihre Parts im Laufe der Woche bei You aufnehmen und es dann Will schicken. Entweder schafft er es dann Jason die fertigen Aufnahmen mit nach Hause zu geben oder er muss sie ihm online zuschicken.

Obwohl die meisten der anderen Rapper nicht fertig sind mit ihren Texten müssen jetzt schon die Musikvideos gedreht werden. Weil man den Grundinhalt der Texte schon weiß kann man die Drehorte und das komplette Drumherum planen und filmen. Alle Parts wo die anderen Rapper gesehen werden bewegen sie ihren Mund so wie der schon vorhandene Text gerappt wird. Für die Teile ohne Text werden verschiedene Aufnahmen gemacht, wo es irrelevant ist ob der Rapper wirklich rappt oder nicht.

Will schneidet diese nach der Woche zu einem Musikvideo und schickt die dann Jason zu. Auch die fertigen Songs muss Will noch nachsenden, weil einige Rapper noch nicht fertig sind mit ihren Teilen. Für den „Jerry Stejeck"-Song wurde auch niemand gefunden.

Die eine Woche war für Jason definitiv kein Urlaub. Maximal 10 Stunden hat er die ganze Woche über geschlafen. Von Termin zu Termin musste er rennen und immer wieder musste er sich umziehen. Umso glücklicher ist er endlich nach Hause zu fliegen und zu schlafen. Diesmal dauert die Reise nur 16 Stunden wovon eine Stunde in Südkorea verbracht wird.

IX

Nach den ewig langen 16 Stunden muss Jason diesmal nicht ewig kontrolliert werden und kann ganz schnell raus zur Empfangshalle des Flughafens. Seine Eltern warten schon auf ihn und sind heil froh, dass ihm nichts passiert ist. Hundemüde steigt Jason in den Jaguar von seinem Vater und schläft sofort wieder ein. Auch die Zeit die er im Flugzeug verbracht hat schlief er, nur in Korea blieb er wach, weil er Angst hatte seinen Flug nach Hause zu verschlafen.

Drei Tage braucht Jason um sich wieder in den Alltag zu Hause einzufinden. Heute bekommt er endlich eine große Datei von Will Wonder geschickt, es ist das fertige Album mit den fertigen Videos. Weil die anderen Rapper es nicht rechtzeitig geschafft haben alle ihre Parts zu rappen musste Will auch noch in den letzten drei Tagen hart arbeiten. Er mischte die Songs und schnitt die Videos. Mit dem Endergebnis sind alle zufrieden bis auf,

dass kein weiterer Rapper für „Jerry Stejeck" gefunden wurde ist das Album auch ein perfektes Album in Jasons Augen.
Will hat mit den anderen Rappern abgesprochen, dass das Album in zwei Tagen veröffentlicht wird und die anderen auch ein wenig Werbung dafür machen sollen, was diese natürlich auch machen, weil auch sie an jedem Song gut mitverdienen.
Jason erzählt auch sofort seinem Vater, dass das Album demnächst veröffentlicht wird und sich seine Reise deshalb gelohnt habe. Dieser ist zwar nicht so begeistert, weil er nicht glaubt, dass dieses Album Erfolg haben wird, aber das liegt auch nur da dran, dass Jason nichts davon erzählt hat was er in Amerika gemacht hat. Immer wenn er gefragt wurde wie es in Amerika war antwortete er „Gut." und wenn gefragt wurde was er gemacht hat antwortete er: „Gerappt und Videos gedreht." Jason möchte seine Eltern mit dem Endergebnis überraschen.
Die Überraschung gelingt auch zwei Tage später. Will hat das Album auf allen möglichen Plattformen hochgeladen und

die anderen Rapper haben alle Lieder auf denen sie vertreten sind im Internet geteilt. Der Song „Your Way" ist über Nacht zu einem weltweiten Hit geworden und auch die anderen Songs, vor allem „Jerry Stejeck" werden überall auf der Welt gehört.

Nach einer Woche kann man Lieder aus dem Album mehrmals in den TOP 10 Charts auf der ganzen Welt hören. Das Album schafft es sogar auf Platz 1 der HIP HOP Charts und alle Videos haben mehrere Millionen Aufrufe. In nicht mal einer Woche ist Jason ein Weltstar und die Medien streiten sich um Interviews mit dem „Überraschungsstar".

Seinen Eltern hat er nichts gesagt und diese haben das alles auch nicht wirklich mitbekommen, was auch daran liegt, dass Jason alle Sender wo über ihn berichtet wird wegschaltet damit sie es erst zu einem geplanten Zeitpunkt sehen. Am heutigen Tag.

Heute ist Samstag und Jason frühstückt heute nicht mit seinen Eltern sondern ist zu einer Talkshow gefahren. Diese Show schauen sie sich jeden Samstagmorgen während des Frühstücks an und er weiß, dass seine Eltern diese auch heute Morgen ohne ihn am Essenstisch anschauen werden.

Die Moderatorin erläutert wer Jason ist und was für einen Erfolg er in der letzten Woche verbuchen kann. Seine Eltern können ihren Augen kaum trauen, als ihr eigener Sohn tatsächlich auf die Bühne kommt und weltberühmt ist.

Bei der Talkshow erzählt Jason wie sein Aufenthalt in Amerika war und grüßt zum Ende hin noch seine Eltern mit dem Satz: „Und ihr seid wirklich die Letzten! Ihr seid die letzten die das wissen!" und lacht dabei. Auf seinem Heimweg lässt er sich von einer Limousine abholen, nur um dieses „Prominentengefühl" zu haben.

In der Limousine sieht Jason, dass seine Eltern ihn Zigmillionen Mal angerufen haben. Er ruft seine Mutter an und sie meldet sich: „Mein Super-Sohn, mein Superstar!" Lachend führen sie ein Gespräch darüber, was Jason nun tatsächlich in Amerika erlebt hat und wie er sich eine Zukunft vorstelle. Auf diese Frage antwortet er nur: „Rosig." Wie seine Zukunft tatsächlich aussehen wird weiß er noch nicht und er kann es sich auch überhaupt nicht vorstellen.

X

Von nun an muss Jason von Konzert zu Konzert, von Interview zu Interview und von öffentlichen Auftritten zu weiteren öffentlichen Auftritten laufen. Er bekommt von Modelabels Kleidung geschenkt, damit er diese in der Öffentlichkeit trägt. Für Treffen, welche live im Fernsehen ausgestrahlt werden und Events bekommt Jason hohe Summen angeboten.

Weil er von tausenden Fans, Vertretern und Unternehmungen angeschrieben wird entscheidet er sich dafür einen Manager zu arrangieren. Seinen Kumpel David. Dieser kennt sich von all seinen Freunden am besten mit Rap und dem Musikgeschehen aus, des weiteren kann David fließend Englisch und auch er hat keine rosigen Zukunftsperspektiven wenn es um Schule geht.

David ist über diese Gelegenheit überglücklich und hängt sich total in seine Arbeit rein. Mit Veranstaltern und Unternehmen spricht er die Orte und Werbekampagnen für Jasons bevorstehende Welttour ab. Auch mit den auf dem Album vertretenen Rappern spricht er ab, welcher sich für welche Auftritte bereiterklären würde.

Auf Wunsch von Jason wird sogar ein Konzert in der Nähe seiner Heimatstadt geplant. Ausschließlich für dieses Konzert möchte er einen Chor und Personen die Instrumente spielen, am besten von dem Gymnasium in der Stadt, haben. David fragt nicht nach warum alles ausgerechnet so sein soll, aber er gibt sein Bestes dies mit dem Gymnasium abzuklären.

Der Grundgedanke von Jason, weshalb er das alles so haben möchte ist, dass er Viktoria wiedersehen will. Er erhofft sich eine Beziehung anfangen zu können, wenn sie sieht wie erfolgreich er nun geworden ist.

Zu seinem Glück hat das Gymnasium kein Problem damit, dass Jason sich dort Schüler für Auftritte aussucht. Extra dafür möchte die Schule sogar einen Talentwettbewerb in Sachen Musik veranstalten. Als Gegenleistung soll Jason einen kleinen Privatauftritt für die gesamte Schule geben, was David so geklärt hat, dass die Schüler dort schon einen Tag vor dem eigentlichen Auftritt in die Konzerthalle dürfen und Jason live sehen können. Dazu noch soll Jason das Vorhaben in der Schule vor allen vorstellen.

Überglücklich hat Jason schon eine Woche später den Termin bei dem Gymnasium um allen Schülern in der gigantischen Aula über sein Vorhaben zu berichten. Alle Anwesenden sind vollkommen aus dem Häuschen als Jason die Bühne betritt und noch glücklicher sind die Schüler, die glauben bei dem Wettbewerb gewinnen zu können.

Nach seiner Rede verabschiedet er sich mit einem: „Allen Teilnehmern wünsche ich viel Glück." Schon während seiner Rede hat er Viktoria gesucht und hat sie direkt in der ersten Reihe gefunden. Beim Verlassen der Bühne geht Jason, mit David daneben, zu Viktoria und meint: „Wie wärs mit einer Spritztour? Deine Direktorin hats erlaubt." Er streckt ihr die Hand hin und sie nimmt diese lächelnd entgegen.

Jasons Plan geht auf. Im Wagen von David, der neben dem Manager auch der Chauffeur ist, sitzen Viktoria und Jason eng beieinander und unterhalten sich. Überglücklich hier mit seiner Traumfrau zu sitzen fragt Jason nach weniger als einer Stunde ob die beiden eine Beziehung eingehen sollen. Ohne langes Überlegen willigt Viktoria ein. Für sie könnte es der Durchbruch sein nicht weiter in der Schule versauern zu müssen. Endlich mit einer Limousine überall hin fahren, mit einem Jet überall hin fliegen und mit Fans umgeben überall hin laufen.

Jason verspricht ihr, was Viktoria auch gerne hört, dass sie keine Verpflichtungen als seine Freundin habe. Durch seine rosarote Brille sieht Jason nicht, dass Viktoria nicht ihn sondern seinen Status liebt. In seinen Augen sind die beiden ein perfektes Paar, welches auch ohne den Ruhm glücklich zusammengekommen wäre. Tatsächlich hat sich Viktoria hinter Jasons Rücken immer über ihn lustig gemacht, weil er für sie kein ganzer Kerl ist. „Viel zu viele Gefühle.", beschrieb sie ihn immer. Viktoria will dominiert werden oder Bekanntheit bekommen. Jason hingegen möchte eine auf Liebe basierende Beziehung.

Dieser große Unterschied zwischen den

beiden soll schon wenige Woche nach der Bekanntgabe ihrer Beziehung für das Aus führen. Während Jason seine Konzerte gegeben hat und fertig mit der Tour war, wollte er seine freie Zeit natürlich mit Viktoria verbringen. In der einen Woche, die Jason frei hatte von den ganzen Trubel um ihn herum, merkten die beiden, dass sie keinerlei Gemeinsamkeiten haben, weshalb sich Jason gegen diese zwanghafte Beziehung entschied. Für Viktoria war es ein Absturz für Jason eine Erlösung. Er weiß nun, dass er ihr nicht mehr hinterher rennen braucht, weil sie nur äußerlich ein Traum aber innerlich ein Ekel ist. Für Viktoria ist die Trennung nicht gut verlaufen. Durch den anscheinenden Erfolg hat sie nicht nur die Schule geschmissen, sondern auch auf all ihre Freunde geschissen.

Die Trennung geht durch die Medien wie ein Lauffeuer. Zuvor hat sich niemand für diese Beziehung interessiert, doch jetzt wird Viktoria für ihre Art fertig gemacht. David hat der Presse gesteckt, dass sie nur auf Jasons Erfolg scharf war, was auch stimmt. Die Idee von David ist die, dass Jason nun viele hochbezahlte

Interviews geben kann um zu berichten wie die Beziehung zu Viktoria entstanden ist und wieso sie wirklich endete.

Nach den ganzen Interviews wird Jason eingeladen eine Filmpreisverleihung zu moderieren, weil die Menschen seine Art zu sprechen noch mehr lieben als die Lieder die er schreibt. Sein süßer Akzent im Englischen und seine ruhige Art sorgen dafür, dass man ihm lange zuhören kann. Durch den Akzent hört man Jason noch genauer zu als akzentfreien Personen.

XI

Nach all der Arbeit will Jason endlich mal entspannen und eine Pause machen. Er geht aus seinem Haus und ruft David an, die beiden wollen sich in der Stadt treffen und sich die neue Playstation kaufen. Jason will das verdiente Geld endlich auf den Kopf hauen, denn außer für sein Haus und sein Auto hat er bis jetzt noch so gut wie gar nichts neues gekauft.

Auf dem Weg in die Stadt wird er von ein paar Kindern fotografiert, zwei Mädchen fragen ihn ob sie ein Bild mit ihm machen können und ein Mann fragt nach einem Autogramm. In der Stadt angekommen glotzen ihn viele Personen an und ein paar wenige sprechen ihn sogar an.

Jason setzt sich neben David und merkt, dass wirklich jeder um sie herum zu ihm guckt. Ein paar machen sogar Lieder von ihm an. „Sollen wir in den Laden?", fragt David, der sich auch schon beobachtet fühlt. „Können wir machen. Lass einfach alle ignorieren, vielleicht gehen die dann weg.", antwortet Jason. Aber im Gegenteil. Als beide aufstehen stehen fast alle anderen, die um sie herum saßen, auch auf. „Deren Ernst?", flüstert David. Jason zuckt nur mit den Schultern und meint: „Wies aussieht, ja."

In dem Elektroladen angekommen kauft er sich zwei Playstationkonsolen. Ein Mitarbeiter empfiehlt den beiden, ohne dass sie gefragt haben, bestimmte Spiele. Jason bedankt sich trocken bei diesem und begibt sich zu der Kasse. Gerade als er zahlen möchte kommt der Chef von dem Laden, in Begleitung von dem hilfsbereiten Mitarbeiter, zur Kasse und meint: „Der braucht nicht bezahlen.", die Kassiererin, die scheinbar nicht weiß wer Jason ist, schaut ihren Vorgesetzten fragend an. „Ja, das ist Jason Wejame!", schreit ihr Chef. Unbeeindruckt äußert sich die Kassiererin: „Gut, dann der Nächste bitte." Jason würdigt dieser Nettigkeit nicht mal mit einen Blick. Die beiden verlassen ohne sich bei jemanden zu verabschieden den Laden.

Obwohl es jedem gefallen würde nichts für zwei Konsolen und fast 40 Spiele zu bezahlen geht es Jason auf die Nerven.

Immerhin hat er jetzt schon immens viel Geld und kann dieses für kaum was ausgeben, weil fast jeder ihm was schenken will. Sogar der Hot-Dog-Verkäufer neben dem Laden schenkt ihm seinen Hot-Dog.

Jeder Schritt von Jason und David wird auf hunderten Handys festgehalten. Knapp 60 Leute laufen ihnen hinterher, weshalb die beiden auch keine Lust mehr haben durch die Stadt zu gehen. David fragt Jason: „Sollen wir nicht zu dir und zocken? Die Leute nerven." Ohne darauf zu antworten geht Jason in Richtung Ausgang.

Unten in der Tiefgarage merkt Jason, dass er gar kein Kleingeld für den Automaten hat. Weil ihm immer noch 20 Leute hinterher laufen fragt er diese ob man ihm Kleingeld leihen könne. Einer erklärt sich bereit ihm das Ticket zu bezahlen und lachend verschwindet Jason in seinem Sportwagen. David fährt mit seinem Wagen hinterher.

Draußen an der Ampel stellt sich David neben ihn und ruft: „Ich besorg noch wat zum Rauchen. Komm dann zu dich." Jason antwortet mit einem „Allet kla." und fährt los.

In seinem Haus angekommen baut Jason die beiden Konsolen in seinem Wohnzimmer an den beiden 4K Fernsehern auf. Er lässt sich von der Putzfrau zwei Sitzsäcke bringen und gibt seinem kompletten Personal für den restlichen Tag frei.

Nachdem er alles aufgebaut hat kommt schon David und die beiden melden sich auf den jeweiligen Konsolen an. David hat fast vier Gramm Marihuana dabei. Er setzt sich in den Sitzsack und dreht diese in vier große Joints. Weil Jason von Gras immer Hunger bekommt bestellen die beiden sich Pizza und fangen an die Joints zu rauchen, während sie zeitgleich das Spiel starten.

Beide spielen das Spiel zum ersten Mal und müssen daher durch die Einführung, aber schon dabei sterben sie immer wieder, weil beide ziemlich schnell auf das reine Gras reagieren. Die starke Wirkung macht die beiden glücklich, obwohl sie es noch immer nicht soweit geschafft haben, dass sie gegeneinander spielen könnten.

Nach einigen Minuten klingelt schon der Pizzabote und David geht mit einem

Hunderter zur Tür. Er starrt den Boten an und flüstert: „Stimmt sooo." David nimmt die Pizza entgegen und schließt langsam die Tür. Der Bote schaut total verwirrt auf die verschlossene Türe und bewegt sich dann mit einem Lächeln vom Grundstück runter. Zwei Pizzen im Wert von nicht mal 20 Euro wurden mit 100 Euro bezahlt, was bedeutet, dass der Pizzabote ein Trinkgeld von über 80 Euro bekommen hat.

David und Jason essen die Pizza auf und haben aufgegeben die Einführung zu schaffen. Sie haben sich Reggae angemacht und entspannen solange in den Sitzsäcken bis sie dort einfach einschlafen.

XII

Obwohl es ein gigantischer Nachteil ist nun nicht mehr in die Öffentlichkeit gehen zu können ohne ein Pulk von Fans hinter sich herzuziehen, kann Jason nun anders in der Öffentlichkeit leben. So wie Smells es ihm erklärt, kann er mit anderen Prominenten in den VIP-Bereichen rumhängen. Er kann bei anderen Prominenten rumhängen und am wichtigsten er kann überall wo es relevant ist mit Prominenten rumhängen. Als Beispiel nimmt Wolf die bekannte Rennserie Formel 1. Unbekannte haben Schwierigkeiten hinter die Strecke gucken zu dürfen. Kaum einer wird in der Boxengasse sein dürfen und noch weniger dürfen bei den Fahrern in deren privaten Räumen sein. Prominente, wie Jason es nun auch ist, hingegen dürfen mit einem der bekannten Fahrer rumhängen und dann bei deren Team in der Box zuschauen. Nach dem Rennen sitzen sie dann gemütlich in dem privaten

Raum und sprechen nochmal über den glorreichen Sieg des Fahrers.

So hat Jason dieses Problem noch nicht angegangen. Sofort ruft er den Sänger Automatic an und fragt ob die beiden zusammen was machen sollen. Die beiden haben sich bei einer Preisverleihung kennengelernt und auf Anhieb gut verstanden. Dieser will heute mit ein paar Freunden zum NBA Spiel gehen und schlägt Jason vor, dass dieser mitkommen könne. Natürlich lässt sich Jason das nicht entgehen und fährt mit ihm zusammen dort hin.

Sie sitzen in einer separaten Reihe, die einen besseren Blick auf das Spiel beschert. Zwar glotzen die anderen Zuschauer die beiden auch kurz an, aber interessieren sich wenig später wieder für das Spiel. Ausschließlich ein Fotograf macht Bilder von den beiden. „Jetzt steht bald in der Klatschpresse, dass wir beide beste Freunde sind.", meint Automatic zu Jason als dieser sieht, dass Jason den Fotografen anguckt. Lachend antwortet er: „Ja. Wahrscheinlich wird dazu noch überall erzählt, dass wir ein neues Lied zusammen machen." Mit einem ernsten

Blick schaut Automatic Jason an: „Wieso eigentlich auch nicht?", Jason guckt ihn verdutzt an und Automatic fährt fort „Wieso machen wir denn kein Lied zusammen? Wir beide sind gerade extremst angesagt also werden die Leute so was hören wollen." Jason nickt zustimmend und meint: „Lass uns morgen bei mir treffen und einen Song dafür fertig machen." „Machen wa'", antwortet Automatic und beide schauen sich das Spiel in Ruhe weiter an.

Nachdem die Seite auf der Jason und Automatic sitzen gewonnen hat gehen die beiden noch in ein Restaurant essen, wo auch eine Bekannte von Automatic und seine Freundin Jasmin vorbeikommen. Die Bekannte heißt Lisa und ist auch unter diesem Namen berühmt. Sie hat auch ein paar Welthits gehabt und Jason mag ihre Musik immens.

Automatic stellt die beiden einander vor und verschwindet dann mit seiner Freundin an einen anderen Tisch. Weil fast in jeder Presse bekanntgegeben wurde, dass sich Jason nach einer kurzen und schlecht verlaufenden Beziehung von Viktoria getrennt hat dachte sich

Automatic, dass Lisa eventuell besser zu Jason passen würde und arrangierte dieses Date.

Die beiden verstehen sich auch super. Jason erzählt von seinem Leben bis zu dem Tag wo er nach Amerika flog und Lisa erzählt von ihrem Leben bis zu dem Tag wo sie bei der Castingshow mitmachte und diese gewann. Obwohl man so was nicht bei einem Date macht fragt Lisa ihn nach seiner Exfreundin und wieso die beiden sich getrennt haben. Bei Prominenten scheinen solche Themen leichter behandelt zu werden, weil sowieso schon die ganze Welt darüber Bescheid weiß. Jason erzählt deshalb die ganze Geschichte und Lisa scheint überhaupt nicht verwundert zu sein.

Jason bezahlt für beide und sie fahren zusammen in Lisas Sportwagen zu Jasons Haus. Beim Abschied zwinkert Automatic Jason zu. Sie wissen beide was noch passieren wird. Die Nacht verbringen Lisa und Jason nach diesem schönen Essen bei ihm.

XIII

Am nächsten Morgen wacht Lisa neben Jason auf und keiner von beiden versucht den anderen los zu werden. Die beiden unterhalten sich kurz darüber ob sie nun eine Beziehung versuchen sollen oder das alles lieber als einen Ausrutscher ansehen. Nach kurzzeitiger Überlegung und dem Toilettengang beider Personen entscheiden sie sich für eine Beziehung.
Sie ziehen sich an und frühstücken zusammen. Direkt nach dem Frühstück klingelt es schon an der Tür, es ist Automatic der wie versprochen wegen des neuen Songs vorbeikommt. Lisa öffnet ihm die Tür und bevor er etwas sagen kann umarmt sie ihn und bedankt sich dafür, dass er ihr Jason vorgestellt hat.
Alle drei setzten sich an den großen Esstisch von Jason und fangen an Lieder zu schreiben. Automatic soll sich ausschließlich um den Refrain und Lisa um die Bridge kümmern. Jason hingegen schreibt nur die zwei Parts die er rappen wird. Bevor sie aber anfangen können zu

schreiben müssen die drei sich ein Thema ausdenken über das sie den Song machen wollen.

Nach langer Überlegung einigen die drei sich auf einen sehr provokanten Song über ihren Erfolg und wie Erfolgslos eine andere Person ist, die imaginär erfunden wird. Sie singen beziehungsweise rappen darüber, dass der andere Jahre bräuchte um nur annähernd so viel zu verdienen wie sie. Ihr Leben sei das Beste und es gibt nichts was sie nicht machen können.

Sie wissen, dass dieser provokante und zugleich gut klingende Song weltweit gehört werden könnte, zumal die beiden auch als Einzelpersonen geliebt werden. Ideal für das Lied ist der große Wirbel um Lisa und Jason der derzeitig durch die Medien geht. „Hat er wegen ihr mit Viktoria Schluss gemacht und nicht weil es nicht geklappt hat?" „Wie lange läuft das schon zwischen den beiden?" Solche oder ähnliche Fragen werden in fast jedem Klatschmedium breitgetreten.

Dies nutzt Jason unter anderem in seinen Part und meint, dass die Medien ohne ihn keine relevanten Gesprächsthemen mehr hätten. Er stellt seine privaten Probleme über die von der dritten Welt oder die schlecht laufende Wirtschaft. Mit solchen Aussagen werden viele gegen aber auch viele für ihn sprechen und die Leute werden sich das Lied anhören müssen um überhaupt darüber sprechen zu können.

Während des Schreibens ruft Jason Will an und sagt ihm was für einen Beat er braucht. Er soll einen Beat aus einer Mischung aus Jazz und Hip Hop machen. Der Refrain und die Bridge sollen aber eher zum singen geeignet sein.

Schon zum Nachmittag hin sind die drei fertig mit ihren Parts und Will ist auch schon fertig mit dem dafür vorgesehenen Beat. Nach dessen Anruf fahren die drei sogar direkt zu ihm um den Song aufzunehmen. Um kurz nach Mitternacht sind sie auch damit fertig und entscheiden sich dafür morgen schon Werbung zu machen, damit der innerhalb der folgenden Woche veröffentlicht wird.

Die Veröffentlichung lässt gar nicht so lange auf sich warten. Knapp drei Tage nach der Produktion kann man den Song überall kaufen und die drei haben einen Welthit geschrieben. In nur zwei Ländern ist der Song nicht auf Platz eins, das

Video zu dem Lied wird erst im Nachhinein gedreht, weil alle Beteiligten das vollkommen vergessen haben. Ein Filmstudio, dass noch einen Song zum Film gesucht hat findet diesen perfekt und bietet Will eine hohe Summe dafür an. Dieser sagt natürlich zu und so werden Filmszenen für das Musikvideo benutzt.

Mit einem so schnellen und vor allem kommerziellen Erfolg haben sogar Automatic und Jason nicht gerechnet. Zusammen mit Lisa treten sie drei mal auf und spielen diesen Song. Bei einem der Auftritte singen Lisa und Automatic schon auf der Bühne und als Jasons Part beginnt explodiert eine Tür. Zu dem Rauch fliegen noch viele Geldscheine über die Bühne. Jason trägt einen weiße Brille mit normalen Gläsern ohne Stärke und einen Zylinderhut, wie auch einen Anzug und einen Mantel aus Geldscheinen. Zusätzlich hat er schwarze Schuhe an. Sein Mikrofon hält er mit zwei weißen Handschuhen, aus denen auch Geldscheine rausschauen. Die Tänzerinnen auf der Bühne sind nur knapp von Kleidungsstücken bedeckt, die so aussehen als würden es nur drei einzelne Geldscheine über den bestimmten Gliedmaßen sein. Zum Ende des Auftritts regnet es scheinbar auch noch weitere Geldscheine. Bis auf die Scheine in Jasons Handschuhen sind aber alle Fälschungen, damit niemand mehrere Tausend Dollar klauen kann.

XIV

Nach dem ersten weltweiten Nummer eins Hit hat Jason angefangen sein zweites Album zu produzieren. Der Name von seinem zweiten Album ist „Silverback" (zu Deutsch: Silberrücken). Diesmal basiert der Name auf das Vorgängeralbum in dem er Gold zu Silber und Zunge zu Rücken gemacht hat. Ein drittes Album würde vermutlich irgendwas mit Bronze heißen. Das Cover ist Jason mit einem verschmelzten Aufbau zwischen ihm und einem Silberrückengorilla.

Das erste Lied in dem Album heißt „Zoo" und ist wieder ein Feature, diesmal mit Mopdog und Smells Wolf. Der Song benutzt durchweg Tiere als Synonyme für die Fähigkeiten der Rapper. Als Beispiel meint Jason: „I'm fast like a cheetah and are protected by the godd*mn PETA." (zu Deutsch: „Ich bin schnell wie ein Gepard und stehe unter Schutz bei der gottverd*mmten PETA.") Damit signalisiert Jason seine Geschwindigkeit im Rap, aber sagt auch aus, dass er rare Ware ist und daher geschützt wird. Wills echter Vorname ist Peter, welcher dem Namen der Tierschutzorganisation „PETA" ähnelt und fast gleich ausgesprochen wird. Somit kann man die Zeile so übersetzen: „Ich rappe so schnell wie ein Gepard läuft. Bin so wertvoll, dass ich beschützten werden muss, von meinem Mentor, Peter (Will Wonder)."

Auch Smells Wolf vergleicht sich mit einigen Tieren. Naheliegend existieren auch einige Vergleiche mit Wölfen, aber der beste Vergleich ist der mit einem Faultier: „It's not my fault, that I'm lazy like a fault." (zu Deutsch: „Es ist nicht meine Schuld, dass ich faul bin wie ein Faultier.") Das mit dem Faul sein bezieht sich, wie bei seinen Texten üblich, auf das Kiffen.

Die anderen Lieder auf seinem Album beinhalten Jasons derzeitigen Ruhm und wie es zu all dem gekommen ist (Münzwurf). Durchweg benutzt er aber Tiere und deren Lebensräume als Metaphern für das reale Menschenleben. Der Dschungel in dem Lied „New Camp" steht eigentlich für eine allgemeine Großstadt in Amerika, welche viel

Potenzial für wunderbaren Lebensraum (Villen oder Eigentumswohnungen) hat, aber meistens von den kleinen Ameisen (Unterschicht der Menschen) bewohnt wird, die dort hart arbeiten und trotzdem nur von den großen und starken Bewohnern (Gehobene Schicht der Menschen) zertrampelt wird. Auf das Lied setzt Jason die meiste Aufmerksamkeit, mit dem besten Musikvideo und den eventuell besten Metaphern. Als Feature hat sich Jason hier wieder Jobru dazu geholt, weil dieser es von einer kleinen Waldameise zu einem großen Löwen geschafft hat. Jason stellt sich selber als kleinen Affen da, der den Wald als neues Land besucht hat und nun einer der mächtigen (Silberrücken-) Gorillas ist.

Insgesamt gibt es 18 Lieder auf dem Album, weil 18 seine Glückszahl ist. Mit dieser Zahl hat er seinen ersten Sieg in einem Radrennen erzielt und seit dem immer mit der Zahl 18 Gewonnen. Was bei seinem diesmaligen Album eine sehr gute Idee war. Kurz nach der Veröffentlichung wurde das Album Platz eins auf allen Streamingportalen, die drei veröffentlichten Videos wurden schon nach einem Tag mehrere Millionen mal angeschaut und in den Charts, die eine Woche später veröffentlicht wurden, konnte das komplette Album Platz eins weltweit belegen. Die drei Lieder sind überall auf der Welt in den Top 10 und vor allem „New Camp" hat einen neuen Rekord an Verkaufszahlen für einen Rapsong aufgestellt.

Jobru und Jason bekommen bei der heutigen Musikpreisverleihung den Preis für das beste Musikvideo und das beste Feature. Jason bekommt alleine noch die Auszeichnungen für das beste Album, das beste Rapalbum, den besten Song und den besten Rapsong. Mit Automatic und Lisa zusammen hat er, durch den „Geldregen-Auftritt" auch den Preis für den besten Auftritt des Jahres bekommen. Des weiteren hat Jason durch die vielen Auszeichnungen noch eine weitere Auszeichnung für die meisten Auszeichnungen bei einer Verleihung bekommen.

Mit dem Album geht er wieder auf Tour und hat einen Weltrekord mit den meisten Verkäufen sowie den meisten Streams die jemals ein Album erreicht hat aufgestellt.

Das Album hat die meisten Platinauszeichnungen jemals erreicht und könnte der Beginn einer niemals endenden Karriere sein.

Trotz dieser Verkaufszahlen und Auszeichnungen ist Jason noch nicht der erfolgreichste Rapper aller Zeiten, aber der erfolgreichste ist mit auf seinem Album, Jobru. Bei der Preisverleihung meinte Jobru, als er und Jason die Preise entgegennahmen: „Ich bin mittlerweile sehr alt und werde in näherer Zukunft dieses Business verlassen. Mit Jason hat die Welt jemanden, der mich ehren würdig ablösen wird." Danach gaben sich die beiden auf der Bühne die Hand. Für die meisten Rapper und auch Rapfans ist Jobru der beste Rapper, daher ist es für Jason ein großes Kompliment, dass der wohl beste Rapper ihn für den Besten hält.

Die beiden sind am überlegen, ob sie nicht ein Album komplett zusammen machen sollen um die Ablösung des Throns zu symbolisieren, aber bis das wirklich geschehen sollte wird noch einige Zeit vergehen, da Jobru noch etwas länger dabei bleiben will.

Bei einer weiteren Verleihung, die nicht direkt mit Musik zu tun hat bekommen Jason und Lisa einen Preis als „Schönstes Paar". Auch die Medien und Fans streiten sich um Bilder von den beiden. Das zuvor schon nicht vorhandene Privatleben ist nun vollkommen weg, denn sie sind in ein neu errichtetes Anwesen in Amerika gezogen, wo von nun an immer Paparazzi herumlungern und versuchen die beiden, sogar durch die Scheiben, zu fotografieren.

XV

Nach seinem letzten Erfolg gibt Jason wieder zahlreiche Konzerte auf der ganzen Welt. Sein geschäftliches Postfach ist die Adresse von Wills Studio. Direkt in der Nähe wohnt auch David, damit er nicht mehr so einen weiten Weg zur Arbeit hat. Will lässt sich auch gerade ein Haus auf einem alten Grundstück errichten, welches nur sechs Kilometer vom Studio entfernt ist.

Die letzten Erfolge von Jason haben nicht nur ihm sondern auch den Leuten um ihn herum etwas gebracht. Mittlerweile gehört Jason sogar zu den Bestverdienern im Musikgeschäft. Seine Fanartikel sind die meist verkauften Fanartikel aktuell und auch seine Konzerte sind ausgebucht. Die Gagen für Interviews, Werbefilme und öffentliche Auftritte sind fast dreimal so hoch wie nach seinem ersten Album.

Auch einige andere Produktionsfirmen sind auf Jason aufmerksam geworden. Nach dem ersten Album dachte man nicht, dass er sich lange im Geschäft halten könne. Auch nach seinem Hit mit Automatic war er für die Firmen kein Langzeitprodukt, da er sich nur durch die ganzen anderen Prominenten etabliert hat und man vermutete, dass er alleine ohne andere Stars beziehungsweise mit kaum Stars keinen Erfolg mehr haben würde.

Mit seinem letzten Album hat er wohl seinen wirklichen Status festgemacht, weshalb ihn viele der großen Firmen anlocken wollen. Sie bieten ihn mehrere Millionen für die Unterzeichnung des Vertrages, Übernahme aller Tätigkeiten zum schreiben eines Songs und das komplette Management, dafür soll er nur knapp 30 Prozent des Gewinns abgeben.

Von solchen oder ähnlichen Angeboten hat Jason hunderte in seinem Postfach. David und Will lesen sich die ganzen Angebote durch. Würde Jason unterschreiben hätten die beiden keinen Verdienst mehr und müssten sich neue Jobs beziehungsweise Künstler suchen. Will bekommt knapp die Hälfte des Einkommen von Plattenverkäufen. David bekommt knapp die Hälfte für die Interviews und Werbungen. Nur an den

Konzerten verdient Jason alleine.

David und Will wollen Jason gegenüber fair sein und rufen ihn an, damit er vorbei kommt. Nicht lange müssen die beiden auf Jason warten, doch trotzdem fühlt es sich wie eine Ewigkeit an. Sie haben die vielen Angebote auf einen Haufen gelegt, damit sich Jason alle durchlesen kann. Ihren Vertrag können sie zwar etwas absenken mit den Prozenten, doch auch dann könnten sie nicht mit den großen Produktionsfirmen mithalten.

Jason betritt in Begleitung von Steve und Lisa das Studio. Steve wurde vor ein paar Tagen von Jason eingeladen mit ihm hier zu arbeiten. Eigentlich wollte er, dass Steve und Will zusammenarbeiten um neue Beats und Produktionen zu machen. Angespannt empfangen David und Will die drei. Will gibt Jason sofort den Stapel und meint: „Lies dir alle in Ruhe durch und sag uns bitte für welches du dich entscheidest."

Verwundert nimmt Jason alle Angebote in die Hand und fängt an diese durchzulesen. Fast eine Stunde ließt er sich alle Angebote durch. Als er mit dem letzten fertig ist schaut er hoch zu David

und Will und meint: „Wie es aussieht wollt ihr eure Verträge nicht ändern. Zu gierig, was?" Beide schauen ihn entsetzt an. Mit dieser Antwort ist beiden klar, dass Jason sich nun von ihnen abwenden wird. Stotternd versucht Will die Situation zu retten, da fängt Jason an zu lachen und macht ihn nach: „B-B-B. Jungs, ich bleib bei euch beiden. Mir egal wie viele Prozente mir die anderen abdrücken, ich bin Millionär mit euch geworden, nicht mit ihnen. Ihr habt euer Vermögen genau so verdient wie ich." Geschockt gucken David und Will ihn an „Außerdem braucht man ein Team dem man vertraut und das man mag und nicht nur eins das Geld hat."
Fröhlich klatschen sich die drei ab und Jason schmeißt alle Angebote in den Mülleimer neben der Couch. Jason stellt Steve Will vor und erklärt, dass die beiden ab jetzt zusammen arbeiten sollen. Steve hat sowieso kein Interesse an Geld und ist daher mit einem Dach über dem Kopf und genügend Essen zufrieden. Will schlägt ihm vor, dass dieser in der Einliegerwohnung in seinem neuen Anwesen wohnen kann. Die Einrichtung kann sich Steve auch selber aussuchen,

Will übernimmt dafür auch die Kosten. Essen gibt es bei ihm Zuhause immer genug und im schlimmsten Fall kann sich Steve auch Essen aus dem Studio nehmen. Zum fahren stellt Will sogar seinen alten SUV bereit, aber Steve möchte lieber ein schönes BMX haben, da dieses deutlich ökologischer ist und cooler aussieht, wie Steve findet.

Auch Lisa ist aus ihrem alten Label ausgetreten. Lisa und Jason sind nun zwei Musiker ohne festes Label, aber auch sie unterschreibt Will und Steve als Produzenten und David als Manager. So verdienen alle fünf zusammen einen Haufen Kohle und sind damit zufrieden.

XVI

Nach den Erfolgen mit seinen beiden Alben und den Erfolgen mit einzelnen Liedern beschließt sich Jason eine lange Auszeit zu gönnen. Raus aus der Öffentlichkeit und rein in das Privatleben. Zusammen mit Lisa kauft er sich ein Haus auf den Malediven und entspannt dort. Keine Verpflichtungen mehr in der Öffentlichkeit. Obwohl beide Weltstars sind und auch die Bewohner der Insel sie kennen rennt ihnen keiner hinterher, denn die knapp 100 Einwohner finden es nicht mehr so besonders, dass sie diese Personen jeden Tag sehen. Für sie sind die beiden auch nur Menschen.
Auch Lisa ist nun, nach der Bekanntgabe, dass sie mit Jason in einer Beziehung sei, aus der Öffentlichkeit getreten. Zwar veröffentlichen die beiden noch vereinzelt Bilder von ihrem Leben im Internet, aber keiner von beiden hat mehr das Bedürfnis danach dies machen zu müssen. Wenn man gerade berühmt ist und sich aktiv in

der Öffentlichkeit halten muss, dann muss man auch regelmäßig Bilder oder ähnliche Inhalte teilen.

Die beiden überlegen sogar eine Weltreise zu machen, aber für diesen Fall wollen sie sich äußerlich etwas verändern. Beide wollen sich, falls sie die Reise antreten sollten die Haare kürzer schneiden und braun färben lassen, damit sie nicht so schnell erkannt werden wenn sie irgendwo sind.

Obwohl beide ihr Privatleben genießen arbeiten sie schon jetzt an ihren neuen Alben. Jason möchte auf seinem dritten Album genau 19 Lieder haben. Zusätzlich soll das Album drei exklusive Lieder mit Lisa zusammen haben. Lisa arbeitet auch an ihren Album und zum ersten Mal hilft Jason ihr beim Texte schreiben. Auf einem der Lieder auf ihrem Album soll auch Jason zu hören sein.

Sie arbeiten auch mit alten Freunden und anderen Prominenten zusammen. Zum Beispiel hilft Will ein wenig bei den Liedern und Steve beim Produzieren mit. Lisa und Jason haben sich auch extra dafür ein Studio in den Keller ihres Hauses gebaut. Dort ist auch der

Hauptsitz ihres gemeinsam gegründeten Labels.

Für die einzelnen Lieder kommen die anderen Interpreten, Songwriter und Produzenten auf die Malediven geflogen, leben in dem Gästehaus von Jason und Lisa und freuen sich mit ihnen zusammenzuarbeiten. Auch David und Lukas kommen immer wieder mal vorbei. Nur Micha hat sich von Jason abgewendet, weil dieser meinte, dass Jason sich zu einem Arschloch entwickelt habe. Zwar ist es nicht das Schönste Freunde zu verlieren, aber unter solchen Bedingungen, also wenn man dafür ein Traumleben hat, dann ist es in Jasons Augen ein gar nicht so großer Verlust einen einzigen Freund zu verlieren. Und Viktoria? Sie versucht sich jetzt als Prominente in der Öffentlichkeit und macht bei Sendungen mit lauter anderen C-Prominenten mit.

Doch im Moment sitzt Jason einfach nur in seiner Hängematte, trinkt aus einer Kokosnuss und denkt darüber nach wie sein Leben wohl verlaufen wäre, wenn damals Zahl statt Kopf das Ergebnis des Münzwurfes gewesen wäre. Jason fragt sich auch ob er Erfolg in einer der beiden Richtungen gehabt hätte, wenn er damals keine Münze geworfen hätte.

Genau als Lisa aus der Glastüre auf die Terrasse tritt denkt sich Jason: „Mir egal wie das Leben als Autor gewesen wäre, dieses Leben, wie es jetzt ist, bereue ich auf jeden Fall nicht." Lisa legt sich auf die gegenüber hängende Hängematte und trinkt auch aus ihrer Kokosnuss. Beide starren auf das Meer und sind zufrieden mit ihrer Entscheidung erst mal eine Pause von der ganzen Öffentlichkeit zu nehmen.

Steht für ein Leben als Autor.

Die Münze zeigt Kopf.
Glücklich mit dem Ergebnis kramt Jason einen alten Schuhkarton aus seinem Schrank. Dieser ist lila und beinhaltet viele Texte, Beats und Ideen für ein komplettes Rapalbum, welche er früher mit einem Freund zusammen angesammelt hat. Weil nun beide nichts mehr damit anfangen können, nimmt Jason mehrere Böller, die er noch von Silvester übrig hat und legt diese mit einer erweiterten Schnur in den Karton. All das legt er auf einen betonierten Teil von dem Anwesen seiner Eltern und zündet die Schnur. Mit einem gigantischen Knall fliegen die Sachen aus den Schuhkarton und alle aus Papier gefertigten Produkte fangen Feuer. Mit einer Wasserflasche löscht er diese und sammelt die verkohlten Überreste ein um sie zu entsorgen.
Diese Explosion steht symbolisch für eine finale Auslöschung des Traumlebens als Rappers und als Beginn eines

Traumlebens als Autor.

Jason beginnt sofort mit dem Schreiben seiner letzten Idee. In einem Ordner hat er einige Vorlagen für Kapitel und Geschichten. Das erste Buch nennt er „Das Tagebuch von Paul Schwedinger". Zu Weihnachten schenkte Jason seiner Großmutter eine sehr einfach und kurz gehaltene Version von diesem Buch. Dieses Buch benutzt er auch für sein neues, welches länger und detaillierter sein wird.

In dem Buch geht es um ein Forschungsteam, welches über einer Insel abstürzt, weil ein Stamm von Ureinwohnern die Insel bevölkern. Mit Speeren und Pfeilen wird der Helikopter des Teams beschossen und sie stürzen ab. Insgesamt überleben nur vier Personen vom Team den Absturz. Einer der Überlebenden ist der Forschungsleiter Paul Schwedinger, aus dessen Sicht auch das Tagebuch geschrieben wird.

In dem ersten Kapitel wird beschrieben wie der Absturz erfolgt.

„Tag 1·

Endlich bin ich mehr oder weniger zur Ruhe gekommen. (...) Langsam flogen wir mit unserem Helikopter über die Inselgruppe, zu der auch unser eigentliches Ziel gehört. Plötzlich wurde unser Helikopter mit Speeren und Pfeilen beschossen, weshalb wir abstürzten. (...) Der Arzt, der Pilot, die Köchin und ich überlebten als Einzige. Scheinbar war es am sichersten beim Absturz im Helikopter zu bleiben. Obwohl auch zwei von uns stark verletzt sind, nahmen wir unsere Vorratsrucksäcke und verschwanden vom Unfallort. Wir wussten genau, dass diese Bewohner dieses Wrack suchen würden und uns eventuell umgebracht hätten, wären wir dort geblieben. (...) Da entdeckte der Arzt ein Loch in der Bergwand, das dank Blättern etwas

versteckt war. (...) Dieser Höhleneingang ist ein Stück über dem Höhlenboden. Es schien leer und von keinem Tier bewohnt zu sein, weshalb wir alle rein krochen."
(Zitat aus der Kurzfassung aus „Das Tagebuch von Paul Schwedinger")

Auch wie sie und die Dorfbewohner dort leben wird in manchen Kapiteln beschrieben. Hauptsächlich befasst sich das Taschenbuch aber mit den Möglichkeiten von der Insel zu fliehen. In den ersten Tagen durchsuchen die Gestrandeten noch das Wrack und erhoffen sich so Wertvolles zu finden. Unter anderem auskundschaften sie die Insel um Boote oder Ähnliches zu finden. Während ihrer Auskundschaften finden sie das Dorf der Bewohner und dokumentieren auch deren Alltag, Kultur und Lebensstil.

„Tag 9.
Dank unserer Position können wir den

Dorfbewohnern durchweg zuschauen, was sie machen und wie sie es machen. (...) Wie es aussieht essen sie auch ihre Verstorbenen, denn (...) im Dorf gibt es einen großen freien Platz, auf dem viele Köpfe auf Speeren stehen. Die Speere sind alle in einer Reihe und sind Richtung eines großen Steines gedreht."
(Zitat aus der Kurzfassung aus „Das Tagebuch von Paul Schwedinger")

Jason plant schon mit seinem Buch voraus, weshalb er das Ende des Buches relativ offen hält. Zwar wird bekanntgegeben, dass das restliche Team es von der Insel schafft, aber es wird nicht darüber gesprochen wie sie Zuhause ankommen. Es endet damit, dass sie von der einen Insel auf eine zivilisierte Insel gekommen sind und von dort aus mit einem Schiff in Richtung Heimat fahren, ob sie dort ankommen wird jedoch nicht erläutert.

„Tag 24.

Vor ungefähr zehn Minuten wurden wir von einem Boot der Küstenwache abgeholt. Die haben uns dann zum Festland gebracht. Dort sollten wir dann in ein Kreuzfahrtschiff einsteigen. Dieses Schiff fährt in den Hafen unserer Heimatstadt und wir werden dort von unserem Forschungsinstitut erwartet. (...) Das Ankommen und den zukünftigen Aufenthalt Zuhause möchte ich in diesem Tagebuch nicht festhalten[.]"
(Zitat aus der Kurzfassung aus „Das Tagebuch von Paul Schwedinger")

Die ganzen Ideen für sein Buch hatte er aus seinem Ordner herausgenommen. In diesem schrieb er schon mal an einem Buch wo es um eine Insel ging. In dem anderen war das alles kein Tagebuch, sondern eine Erzählung über das Leben der Ureinwohner. Jetzt will er die Fassung, die er seiner Oma geschenkt hat, verlängern. Er formuliert manche Sätze um und fügt teilweise sehr viel hinzu. Öfters geht er auch einfach nur genauer ins Detail.

Jeden Tag überarbeitet er ein bereits geschriebenes Kapitel und schmückt es etwas aus. Bei der ganzen Arbeit holt er sich noch eine Freundin, Jana, dazu. Sie kann auch sehr schön schreiben und Jason hat eigentlich gar keine Lust dieses Buch (nochmal) zu schreiben.

Nach der Schule fahren sie gemeinsam zu ihn und arbeiten an dem Tagebuch. Bis sie es tatsächlich schaffen ein volles Taschenbuch von 24 Kapiteln beziehungsweise 24 Tagen fertig gestellt zu haben. Von hier an arbeitet Jason wieder alleine und sucht für sein Buch einen Verlag.

IV

Für seine Suche nach einem Verlag schreibt sich Jason aus dem Internet alle Verlage in seiner Umgebung auf. Mit dem Zug will er diese alle abklappern und sich, samt seiner Werbeidee und dem Buch, vorstellen. Die längste Zugfahrt nimmt er sich gleich als erstes vor, damit die Wege immer kürzer werden und es sich so anfühlt, als würde er seinem Ziel immer näher kommen.
Er steigt bei sich in der Kleinstadt in den Bus ein und fährt zum nächsten Hauptbahnhof, der circa 15 Minuten Busfahrt entfernt liegt. Von da aus nimmt er den Zug und fährt knapp über zwei Stunden mit eben diesem zu seinem Ziel. Von dem Zielbahnhof aus läuft er nochmal eine Stunde bis zum endgültigen Ziel, dem Verlag. Ein riesiges, hochglänzendes und modernes Gebäude mit einer ziemlich ranzigen Halle dahinter zieren das Unternehmenskomplex.
Vor dem Betreten richtet Jason nochmal seine Kleidung, seine Frisur und die

falsche Brille, die er nur trägt damit er intellektueller aussieht. Kurz räuspert er sich und betritt den Verlag. Ein gigantischer Empfangssaal mit rotem Teppich und einer mit Spiegeln geschmückten Decke lassen Jason kurz stoppen. Fasziniert von allem um ihn herum sucht er die hübsche blonde Empfangsdame. Stark abgelenkt geht er in ihre Richtung und erst als er genau vor ihr steht schaut er sie genauer an.

„Guten Tag.", grüßt Jason sie „Ich würde gerne eine Buchidee mit Werbestrategie an sie verkaufen. Könnten sie mich mit jemanden zusammenbringen?"

Die Dame schaut kurz überlegend und ruft dann jemanden an, mit dem sie die Situation bespricht. Nach den zwei Minuten meint sie zu Jason, dass er sich noch einen Moment nehmen solle. Jason setzt sich aufgeregt in den Wartebereich.

Fast zwei Stunden wartet er bis ihn die Empfangsdame in ein Büro schickt. Jason sucht dieses und wird in der vierten Etage fündig. Das Büro „31-69; Herr Hier; Marketingabteilung". Jason betritt mit einem Klopfen den Raum und wird freudig empfangen: „Sie! Sie werden mir Arbeit

abnehmen habe ich gehört?!"
„Hoffe ich doch.", lächelt Jason zurück.
„Sie sind bestimmt durstig? Willst was haben? Hab Bier aus der Region, hier."
Herr Hier wirft Jason das Bier zu. Während Hier einen Flaschenöffner holt macht Jason die Flasche mit seinem Schuh auf. Was Herrn Hier sehr beeindruckt, weshalb Jason das noch öfters machen soll. Noch bevor die beiden ein richtiges Gespräch führen können soll Jason fast den ganzen Kasten Bierflaschen mit seinem Schuh öffnen. Er hält den Verschluss an seine Sohle und schlägt drauf während er den Fuß hoch wippt. Das hat er von einem Freund gelernt, denn immer wenn sie saufen gehen, müssen sie es irgendwie schaffen ohne Öffner die Flaschen aufzubekommen.
„Selbst wenn ihre eigentliche Idee ein Flop sein sollte, ich empfehle dich als Werbefigur für Bierwerbungen weiter.", meint Herr Hier lachend.
„Apropos meine Idee.", Jason legt ihm sein Manuskript auf den Tisch und erklärt seine Werbestrategie „Also. Ich habe mir das so vorgestellt, dass ihr Unternehmen,

welches einen großen Einfluss hat mir eine echt aussehende Verkleidung besorgt. Mit dieser Verkleidung werde ich Paul Schwedinger verkörpern, einen Mann mit blondem Haar und einer Brille. Dünn, wie er sein soll bin ich schon. Als diese Person werde ich mich dann in öffentlichen Shows präsentieren, Interviews führen und als einen tatsächlichen Forschungsleiter präsentieren. Die Leute werden sich denken, ich sei wirklich auf einer Insel gewesen und sie werden mich lieben."

Herr Hier unterbricht ihn: „Was ist wenn sie herausfinden, dass Sie nicht wirklich dort waren?"

„Das macht es doch nur besser! Die Leute werden sich über den Skandal aufregen, vorausgesetzt das Buch war zuvor ein Erfolg. Skandale sorgen für mehr Verkäufe und auch ein weiteres Buch über den Skandal wie auch das angebliche Leben nach dem Tagebuch würde so perfekt verkauft werden. Also sprechen wir schon von zwei Bestsellern von einer imaginären Person."

Beeindruckt von der Werbeidee wie auch dem Flaschenöffnen verabschiedet sich der Marketingmitarbeiter von Jason und dieser verlässt das Büro.

Seinen Heimweg beschreitet er nun mitten in der Nacht und kommt nach zwei unpünktlichen Zügen deutlich später als geplant Zuhause an. Dort fällt er sofort ins Bett und bereitet sich auf die nächsten Besuche vor.

Bei den anderen Verlagen läuft das alles ähnlich ab, bis auf den Teil mit dem Bier. Nur ein anderer Verlag wollte gar nichts von ihm hören. Als er rein kam und sich vorstellte wurde er unfreundlich wieder raus geschickt. Obwohl er noch versuchte zu erklären, dass sein Buch nur „okay" und nicht besonders gut, aber der Plan dahinter ideal sei, wurde er mit einem „Leg das Manuskript auf den Stapel." abgefrühstückt. Jason legte sein Buch trotz der unhöflichen Reaktion auf den Stapel. Wenn er Glück hat melden sich alle Verlage und wenn er Pech hat keiner. Mit jedem Verlag steigert er aber die Wahrscheinlichkeit tatsächlich einen zu finden der ihn veröffentlichen will. Sollte es dieser eine unhöfliche sein, dann wäre auch das nicht schlimm, immerhin könnte er dann mit diesem einen Versuch wagen.

Nur wegen dem Bier und dem netten Mitarbeiter hofft Jason eigentlich auf das erste Unternehmen und er glaubt auch, dass dieses ihn nehmen wird, weil der Mitarbeiter schwer begeistert von ihm war.

V

Nach fast drei Wochen hat Jason von keinem Verlag eine Antwort. Er weiß, dass eine Veröffentlichung auf sich warten lässt, aber er braucht unbedingt eine Zusage. Gerade auf dem Weg nach Hause wird er von Selbstzweifeln geplagt „Hätte ich wirklich meine Zeit in dieses Buch investieren sollen? Wäre ich als Rapper jetzt nicht schon viel erfolgreicher?" solche und ähnliche Fragen schwirren ihm durch den Kopf.
Da bekommt er kurz bevor die Bahn einfährt einen Anruf von einem alten Bekannten: „Hier, hier, spreche ich mit dem Bieröffner?", meldet dieser sich lachend.
„Genau mit dem sprechen Sie.", antwortet Jason
„Hör ma', ich hab mit den großen Leuten in meiner Abteilung gesprochen und sie sind genau so begeistert wie ich.", erzählt Herr Hier „Wir sind alle gespannt wie du das mit dem Fuß machst und hoffen das von dir zu lernen."

„Aber mein Buch wird trotzdem vermarktet oder seid ihr ausschließlich an meinem Fußöffner interessiert?", fragt Jason besorgt.

„Natürlich wird das Buch veröffentlicht, genau so wie Sie es wollten. Aber in deinem Vertrag wird drinnen stehen, dass du jedem Mitarbeiter den Trick beibringen musst."

Lachend willigt Jason ein und die beiden machen einen Termin für die Planung mit dem ganzen Marketingteam aus. Schon nächste Woche soll es für Jason als Paul Schwedinger los gehen.

Total glücklich setzt er sich in die völlig verspätete Bahn und fährt nach Hause. Dort angekommen berichtet er seinen Eltern sofort von der freudigen Nachricht. Sie freuen sich auch mit ihm, weil sie denken, dass ein Verlagsvertrag automatisch ein sicherer Arbeitsplatz sei. Jasons Eltern sind stolz auf ihn, denn zum ersten Mal in seinem Leben hat er etwas geschafft, etwas mit Bedeutung, zumindest glauben sie das.

Weil sein Vater so stolz auf seinen Sohn ist fährt er ihn sogar zu dem Termin eine Woche später. Mit dem Auto brauchen sie nicht mal eine Stunde und Jasons Vater wartet unten im Auto. „Ich nehme dich nur wieder mit wenn du einen ausgefüllten Vertrag mitbringst.", ruft Jasons Vater ihm hinterher als dieser den Wagen verlässt. Sein Vater bleibt unten stehen und er betritt das Verlagsgebäude.

Die Empfangsdame ist heute eine andere. Jason geht diesmal zielgerichtet zu ihr hin. Der Charme des Gebäude ist nun verflogen. „Ich habe einen Termin mit Herrn Hier.", begrüßt Jason die Frau an dem Tresen. „Herr Hier.", flüstert sie und gibt in ihrem PC die Information ein, dass Besuch für ihn hier sei. Sie blickt auf und schaut Jason an: „Ja. Sohn?" Verdutzt schaut er sie an. Kurz überlegt er was sie von ihm möchte bis er versteht, dass sie nicht „ja Sohn" sondern „Jason" meint. „Ach so ja, ja Sohn, also Jason, ja bin ich, ja." „Herr Hier erwartet Sie in seinem Büro.", meint sie ruhig und flüstert zu sich „Ja Sohn. Diese Autoren haben doch alle nh Dachschaden."

Oben bei dem Büro angekommen warten schon einige Marketingleute auf Jason. Er klopft und betritt den Raum wo ihn alle anstarren. „Hallo?", grüßt Jason die

Mitarbeiter und kann Herrn Hier nicht ausfindig machen. Keiner sagt was und gerade als Jason den Raum wieder verlassen will kommt Herr Hier mit einer seltsamen Mütze und zwei Kästen Bier in den Raum. Die Kästen lässt er beim Anblick von Jason fallen und ruft: „Bierkönig!", er wendet sich zu den anderen „Das ist unser Bierkönigsschuh!" Nun springen auch die anderen auf, holen sich jeweils ein Bier und wollen, dass Jason auf einem extra Stuhl Platz nimmt.

Jason setzt sich auf diesen und bekommt ein Bier zugeschmissen mit den Worten: „Öffnen!" Alle anderen rufen „Yeah!" und Jason lässt den Deckel floppen. Wie ein Haufen Primaten freuen sich die Angestellten und machen ihn nach. Sie probieren es alle so lange bis jeder seine Flasche auf hat, erst dann sprechen sie alle über das weshalb Jason überhaupt hier ist, dem Tagebuch.

Nur Herr Hier weiß, zum Teil, worum es in dem Buch überhaupt geht, weshalb Jason den Inhalt nochmal kurz wiedergibt. Einer der Mitarbeiter ruft darauf: „Genial! Du bist ein Gott!" Jason fragt sich wie ein Unternehmen mit solch vollen Mitarbeitern

so viele Bestseller bewerben kann. Für alle erklärt er nochmal wie sein Werbeplan aussieht und auch darauf antwortet die gleiche Person: „Genial! Du bist ein Gott!"
Kopfschüttelnd fragt Jason ob alle wüssten wie er es meint und darauf antwortet Herr Hier: „Natürlich. Jeder hier hat auch seine Aufgaben." „Also hätte ich das alles nicht nochmal erzählen müssen?", fragt Jason genervt, was Hier lachend verneint. „Kann ich dann meinen Vertrag unterzeichnen?", möchte Jason wissen. Hier steht auf und gibt ihn seinen Vertrag. Jason unterzeichnet diesen und die ganze Abteilung fängt an mit der Planung.
Zwei gehen mit Jason in einen anderen Raum, einen Kostüm- und Maskenraum. Sie probieren mehrere Outfits mit ihm an. Weil Jason schon einen Führerschein hat, will er für die Zeit ein Werbefahrzeug mit dem er immer verkleidet herumfahren darf. Frau Kolosseum, die Verwalterin des Fuhrparks vom Unternehmen gibt ihn einen Elektrosportwagen, mit der Begründung, dass Herr Schwedinger ein umweltfreundlicher Mann sei.
Jason bekommt alles was man braucht

und schon jetzt ist es ihm eigentlich egal ob er Erfolg hat, denn die Arbeitsmaterialien sind schon perfekt für ihn. Nach drei Stunden geht er aus dem Verlag, mit dem Vertrag wedelnd, zum Wagen seines Vaters. Schon übermorgen muss er zu einer Talkshow im Fernsehen, wovor er sich auch nicht drücken kann, weil vertraglich geregelt ist, dass die Marketingabteilung von nun an seine Termine bestimmt.

VI

Das heutige Interview in der Talkshow sorgt dafür, dass Jason nicht mit seinen Eltern zusammen am Frühstückstisch sitzen kann. Sie schauen sich jeden Morgen diese Sendung an und auch heute schauen sie seine Eltern. Total stolz filmt seine Mutter sogar seinen ersten Auftritt als Paul Schwedinger.
Die Moderatorin fragt ihn was auf der Insel passiert sei. Jason beziehungsweise Paul Schwedinger erzählt, als wäre er tatsächlich auf der Insel gewesen: „Mein Forschungsteam und ich wurden von Ureinwohnern beschossen und wir mussten uns einen Unterschlupf suchen. Um wieder lebendig von der Insel runter zu kommen mussten wir einiges in Kauf nehmen."
Erstaunt fragt die Moderatorin: „Und ihr Tagebuch basiert rein auf Erinnertes?"
„Nein, mein Tagebuch wurde wirklich am Ende von fast jedem Tag geschrieben. Ich habe teilweise Zettel zusammensuchen

müssen um wirklich alles zusammenzuhalten. Die digitale Version, die alle zum Lesen bekommen ist natürlich nur die überarbeitete Version. Per Hand habe ich einige Rechtschreibfehler und einige verkehrte Formulierungen gemacht."

„Gibt es denn eine Fotokopie von den originalen Seiten zu kaufen?"

Auf diese Frage weiß Jason erst mal keine Antwort. In Wahrheit hat er nichts von dem Buch mit der Hand geschrieben. Dann sieht er darin eine geniale Möglichkeit noch etwas mehr Geld rauszuschlagen: „Noch nicht, aber bald. Diese wird dann aber in einer limitierten Kleinauflage erscheinen und nur für wirkliche Buchfans sein."

Diese Idee muss Jason direkt nach der Show mit Herrn Hier absprechen, der sowieso jede Idee von Jason genial findet. Dem Entsprechend soll Jason direkt eine handgeschriebene Version von dem Buch erstellen. Weil Paul Schwedinger dafür aber keine Zeit habe, so Jason, müsse ein Mitarbeiter des Verlags dies umsetzen. Ohne lange Diskussion bestellt Herr Hier einen Auszubildenden in sein Büro, der die angebliche Originalfassung schreiben soll.

Jason hingegen fährt mit seinem elektronischen Sportwagen nach Hause während er von der Sekretärin des Unternehmens einen Anruf bekommt:
„Hallo?"
„Guten Tag, Herr … öhm, Schwedinger. Ich sollte ihnen nur mitteilen, dass das Geld für den Auftritt von heute Morgen schon auf ihrem Konto ist, vielen Dank."
Bevor Jason antworten kann legt diese schon wieder auf. Jason wusste gar nicht, dass er auch dafür Geld bekommt. Kurz bevor er also Zuhause ankommt schaut er sich an wie viel er überwiesen bekommen hat. Knapp zweitausend Euro. Mit dem Kontoauszug tanzt Jason durch die Bank. Für das Geld kann er sich endlich das Paar Schuhe kaufen, dass er immer haben wollte. Dazu kann er sich noch ein komplettes Outfit kaufen und seiner Mutter ein schönes Geburtstagsgeschenk machen.

Dank seiner Verkleidung spricht ihn in der Schule niemand auf das Buch oder irgendwelche Interviews an. Nur Lukas weiß Bescheid, aber ihn interessiert es nicht wirklich. Ihn interessiert es auch nicht, dass Jason sich diese neuen Klamotten gekauft hat, denn materielle Sachen haben für ihn keinen besonderen Wert. Er kümmert sich lieber um den Menschen hinter den Sachen. Das ist auch der Grund, warum Jason es ihm erzählt hat. Er wollte eine Person haben der er davon erzählen kann, die aber zugleich nicht an seinem zukünftigen Vermögen interessiert ist.

Im Laufe der nächsten Wochen gibt Jason immer mehr Interviews und präsentiert sich sogar für eine Plakatwerbung mit dem Buch und einem großen Dschungel um ihn herum. Das Buch verkauft sich rasant schnell und wird immer bekannter.

VII

Obwohl von nun an alle Gagen niedriger sind als seine erste verdient Jason mit seinen Auftritten nicht schlecht. Jedes Quartal bekommt er sein Autorenhonorar ausgezahlt. Herr Hier hat ihn eben angerufen um ihn zu erzählen, dass Jason nun mal auf sein Konto schauen solle. Deshalb ist Jason wieder zu seiner Bank gefahren und kann seinen Augen nicht trauen. Ein fünfstelliger Betrag wurde überwiesen.
Weil er so glücklich ist sucht er sofort im Internet nach dem Traumwagen seines Vaters. Der Wagen ist nicht allzu teuer, aber halt ein reines Spaßfahrzeug. Wenn die Sonne scheint kann man damit mal eine kleines Spritztour machen und wenn es regnet muss sein Vater halt mit seinem normalen Auto herumfahren.
Gar nicht weit von seinem Zuhause entfernt verkauft einer einen dieser Wagen in einem wirklich guten Zustand. Jason ruft dort an und macht einen Termin noch für heute Abend aus. Beim Schalter vorne

holt er sich so viel Geld ab wie der Wagen auch kostet und geht wieder nach Hause. Sein Vater hat heute frei und sitzt mit einer Jogginghose auf der Couch.
„Hey, wir müssten mal ganz dringend wo hin fahren.", meint Jason
Obwohl sein Vater keine Lust hat steht er auf und zieht sich eine vernünftige Hose an. Er weiß nicht worum es geht, eigentlich interessiert es ihn auch nicht, aber Jasons Verhalten schien so, als würde es wirklich dringend sein dort hinzukommen.
Sie setzen sich in den Wagen seines Vaters und Jason tippt die Adresse in das Navigationssystem. Die komplette Fahrt über unterhalten sich die beiden, aber auf die Fragen wohin sie fahren und warum sie dort hinfahren antwortet Jason nicht. Er antwortet auch nicht auf die Frage, was in dem Rucksack wäre. Der Rucksack ist gefüllt mit 100 bis 500 Euroscheinen und soll später beim Handel um den Verkaufspreis Vorteile bringen. Vielleicht will der Verkäufer weniger haben, wenn er es sofort in Bar bekommt.
Schon beim Telefonat erklärte Jason, dass er seinen Vater überraschen wolle und

von da her nicht direkt als Käufer sondern als ein Freund angesprochen werden soll. Jason möchte seinem Vater nicht erzählen, dass er diesen Wagen gekauft hat, zumindest nicht für welchen Preis.

Beim Verkäufer angekommen sprechen dieser und Jason tatsächlich wie zwei alte Freunde und er schlägt Jason vor eine Spritztour mit dem Teil zu machen. Etwas irritiert steht sein Vater daneben und glaubt langsam zu begreifen, dass das hier ein Kaufgeschäft ist. Was er nur noch nicht weiß ist, dass dieses Geschäft von seinem Sohn vollzogen wird, wenn er selber Interesse an dem Fahrzeug haben sollte.

Bei der Probefahrt fragt ihn sein Vater: „Willst du, dass ich mir die Karre kaufe oder was?"

„Wenn sie dir gefällt wird sie gekauft, ja."

„Aber dir ist bewusst, dass wir nicht da Geld haben dieses Auto zu kaufen, oder?"

„Das wird sich alles schon ergeben. Fahr einfach und sag mir ob du den Wagen haben möchtest."

Die beiden fahren ein paar mal durch das Viertel vom Verkäufer. Sein Vater möchte den Wagen haben, weiß aber noch nicht

wie genau das ablaufen soll. Sie fahren wieder auf das Grundstück und Jason verschwindet mit dem Verkäufer zusammen in seinem Haus. Nur fünf Minuten dauert es bis Jason und der Verkäufer sich einig sind. Schon vorher wurden Kennzeichen für die Überbrückungszeit besorgt. Diese macht Jason an den Wagen und gibt seinem Vater den Schlüssel. „Ich fahre mit deinem Auto vor und du fährst mit dem hinterher."
Jason steigt in den Wagen seines Vaters und fährt los. Sein Vater versteht nun, dass der Wagen ihm gehört, versteht zugleich aber nicht wie es dazu gekommen ist.
Erst am Abend erzählt Jason, dass er viel Geld bekommen hat und davon den Wagen gekauft hat. Seiner Mutter, die auch am Essenstisch sitzt bekommt von Jason ein Bild von einer Scheune geschenkt. Er erklärt dazu: „Weil ich davon keine Ahnung habe musst du dir eines aussuchen. Dir schenke ich ein Pferd, wie du es schon immer haben wolltest. Zu dem Pferd natürlich einen Platz auf irgendeinem Reiterhof, aber um all das musst du dich kümmern, weil ich,

wie gesagt, keine Ahnung davon habe."
Auch sie ist überglücklich und setzt sich sofort an ihren Laptop. Sie sucht eine Seite im Internet raus auf der man Pferde kaufen kann. Heute fahren sie dort nicht mehr hin, aber in den nächsten Tagen bestimmt.
Weil draußen die Sonne scheint und es sehr warm ist entscheiden sich Jason und sein Vater dazu mit dem Wagen ein bisschen herumzufahren. Um den perfekten Abschluss zu haben kaufen sie sich beim Tanken jeder ein Eis und setzen sich damit an einen See. Im Hintergrund steht der tannengrüne Wagen, der nun offiziell ein Teil der Familie ist.

VIII

Am nächsten Tag sitzt Jason in der Schule. Seine Mathelehrerin erklärt nun das Thema Wahrscheinlichkeitsrechnung. Schon vor ein paar Jahren lernte Jason dieses Thema und hat daher überhaupt kein Interesse daran zuzuhören. Sein Handy liegt wie immer lautlos auf seinem Tisch. Damit er weiß wie viel Uhr es ist schaut er immer wieder mal drauf. Heute hat es aber einen großen Vorteil, dass sein Handy auf dem Tisch liegt, denn Herr Hier ruft an.

Lukas macht Jason darauf aufmerksam und Jason nimmt das Gespräch schnell an. Um keinen Ärger zu bekommen geht er zu seiner Lehrerin und sagt, dass das Gespräch wegen eines Arbeitsplatzes wäre. Unter diesen Umständen bekommen es Schüler in der Oberstufe nämlich gestattet ein Telefonat zu führen. Jason verlässt den Klassenraum und erklärt Herrn Hier wieso er ihn gerade nach der Annahme des Gesprächs warten gelassen hat.

Herrn Hier ist das überhaupt nicht aufgefallen, denn er war voller Euphorie am sprechen, weshalb er gar nicht mitbekam, dass Jason nicht zuhörte.
Hier fängt nochmal von vorne an und erklärt, dass ein Filmstudio die Rechte an dem Buch erwerben wolle. Es sei bereit Millionen für den Film zu zahlen, aber auch nur dann, wenn Jason es schaffen würde innerhalb der nächsten zwei Stunden im Büro von Herrn Hier zu sein um darüber zu verhandeln. Ohne Jasons Unterschrift kann man keinen wirksamen Vertrag abschließen. Jason garantiert, dass er innerhalb der nächsten zwei Stunden da sein wird und legt auf.
Er geht wieder in den Klassenraum und spricht mit seiner Lehrerin ab, dass er gehen müsse. „Das Unternehmen will jetzt ein Bewerbungsgespräch mit mir führen.", erklärt Jason.
Skeptisch schaut seine Lehrerin ihn an: „Na dann, viel Glück. Aber schauen Sie, dass Sie den heutigen Inhalt nach lernen und bringen Sie eine Entschuldigung für Ihre Fehlstunden mit."
Noch bevor sie zu Ende gesprochen hat verlässt Jason den Raum mit seinem

Rucksack. Er sprintet zu seinem Wagen und fährt so schnell los wie er kann. Mit überhöhter Geschwindigkeit fährt er auf die Autobahn und gibt von da an Vollgas. Was er dabei nicht bedacht hat ist, dass sein Wagen dadurch mehr Strom verbraucht, der ewig braucht um nachgefüllt zu werden. Laut der Anzeige des Verbrauchs schafft Jason nun nur noch wenige Kilometer. Insgesamt muss er aber noch deutlich mehr fahren. Jason ruft ein Taxiunternehmen an und bestellt sich ein Taxi zur nächsten Tankstelle, wo er auch seinen Wagen laden kann. Das Taxiunternehmen ist näher an diesem Standort als Jason, weshalb er hofft fast zeitgleich mit dem Taxi anzukommen. Was auch der Fall ist.

Schnell schließt Jason seinen Wagen zum Laden an und springt ins Taxi. Er gibt die Adresse weiter und schaut auf sein Handy. Fast eine Stunde hat er bis hier hin gebraucht. Sollte der Taxifahrer normal durchkommen dürften sie in zwanzig Minuten am Verlag ankommen.

Auf dem Weg blockiert eine Großbaustelle die komplette Fahrbahn, wodurch das Taxi ca. zwanzig Minuten verliert. Noch

fünfzehn Minuten sollten sie von nun an brauchen. Nur fünfundzwanzig Minuten hat Jason noch um anzukommen, das bedeutet, dass er nur noch einen winzigen Spielraum hat.
Durch den stockenden Verkehr kommt Jason nur fünf Minuten vor dem Ablauf der zwei Stunden bei dem Verlag an. Für die Fahrt, die knapp 40 Euro kostet, schmeißt Jason dem Fahrer einen 100 Euro Schein hin. Mit einem „Stimmt so!" springt Jason auf dem Taxi und rennt die Treppen zu Herrn Hiers Büro hoch.
Vor der Tür macht sich Jason nochmal seine Haaren und zieht sein T-Shirt zurecht. Noch einmal atmet er tief ein und wieder tief aus. Klopfend betritt er das Büro und trifft vier leicht angetrunkene Männer an. Einer von ihnen ist Hier, der Jason freudig empfängt: „Bierkönig! Ich hab unseren neuen Freunden gezeigt wie du die Flaschen öffnest.", Hier begutachtet Jason „Aber sach ma, warum bissn du so verschwitzt? Gönn dir erstma nh Flasche."
Von den anderen Männern steht einer auf und rülpst Jason an während er ihm die Hand gibt: „Tschuldigung. Ich bin voll Bier. Mein Name ist Frank Schuman." Meine

Vorfahren stammen aus Frankreich. Vielleicht kennst du ihre Arbeiten? Die Schuman-Erklärung."

Jason weiß was die Schuman-Erklärung ist, kann sich aber nicht vorstellen, dass dieser Säufer in irgendeiner Beziehung zu dieser politischen Größe steht. Darüber macht sich Jason aber auch keine weiteren Gedanken. Dieser will lieber mit der Verhandlung um den Preis für die Rechte beginnen.

Obwohl alle an- bis betrunken sind holt Herr Schuman einen Vertrag raus. In diesem wird genau beschrieben was für Rechte abgetreten werden und wie viel bezahlt wird. Der derzeitige Verkaufspreis liegt bei knapp vier Millionen, wovon Jason einen Nettogewinn von fast einer Millionen hätte. Was Jason aber zu wenig ist. Er will nicht nur fast, sondern genau eine Millionen Nettogewinn haben. Klipp und Klar sagt Jason wie viel er haben will und beharrt darauf das zu bekommen. Noch bevor er den Preis argumentieren muss willigt die Filmfirma ein und schreibt den Betrag auf den Vertrag.

Jetzt unterschreiben die fünf anwesenden Personen. Mit Jasons Unterschrift, die als letztes abgegeben wird, besiegeln sie den Vertrag und die drei anderen Mitarbeiter verlassen das Büro. Voller Freude würde Jason jetzt gerne auch ein Bier trinken, aber er muss nachher mit seinem Elektrowagen wieder nach Hause fahren um dort seinen Eltern von dem heutigen Deal zu berichten.

Von dem Taxifahrer, der ihn zum Verlag gebracht hat, hat sich Jason die private Nummer notiert. Dieser soll ihn wieder zurück zur Tankstelle fahren. Auch für die Rückfahrt zahlt Jason 100 Euro. Diesmal aber nicht aus Zeitnot, sondern wegen seines neuen Reichtums.

IX

Mit den aktuellen Verkaufszahlen hat es Jason geschafft, er ist nun ein Bestsellerautor. Schon von Anfang an wurde sein Buch vom Verlag in andere Sprachen übersetzt und verkauft, doch erst heute hat er den weltweiten Durchbruch geschafft. Vor allem in Inselreichen Staaten ist das Buch eines der Erfolgreichsten. Da nirgendwo erwähnt wird wo die Insel, auf der Schwedinger abgestürzt ist, liegt und wie sie heißt, geht in vielen Ländern das Gerücht um, dass es eine der unbewohnten Inseln ihres Landes wäre.
Das wird natürlich auch zu Werbezwecken missbraucht. Die vielen Spekulationen über den Ort der Geschichte werden sogar so populär, dass einige lokale Fernsehsender über das Buch berichten. Im Internet gibt es zahlreiche Spekulationen von Personen, die reale Inseln mit den Inhalten in dem Buch vergleichen. Es wird überprüft wie sehr die ein oder andere Insel schon

ausgekundschaftet wurde, welche bestimmte Pflanzen haben und wo eventuell noch Ureinwohner leben.

Jason schaut sich einige von diesen Videos an und muss einer bestimmten Person schon fast glauben, als diese eine Insel nennt. Er geht auf wirklich alle kleinen Details ein, die Jason in seinem Buch genannt hat. Des weiteren argumentiert er seine Ergebnisse so glaubwürdig und plausibel, dass man es schon fast gar nicht mehr widerlegen könnte.

Der einzige Weg um diese geniale Spekulation zu zerstören wäre herauszufinden wer überhaupt Paul Schwedinger ist, denn wenn man sich daran macht wird man, vermutlich, nichts finden. Somit müsste auch der Verlag und vor allem auch Jason zugeben, dass alles nur frei erfunden ist. Solange sich aber wirklich nur auf die Insel konzentriert wird, dürfte nichts passieren.

Um dem ganzen noch eins drauf zusetzen schreibt Jason alias Paul Schwedinger mit einem Konto in dem Sozialen Netzwerk, dass er niemals den echten Namen der Insel nennen möchte, aber schon gesehen habe, dass einige die richtige Fährte hätten. Schwedinger schreibt auch noch, dass man eventuell in dem Film, der rauskommen wird die original Insel sehen kann und es sich dann auflösen wird.

Mit diesem intelligenten Schachzug hat sich Jason nicht nur vor weiteren Fragen beziehungsweise möglichen Fragen zur Insel geschützt, sondern auch noch den Film angeworben und für weitere Spekulationen spannend gemacht.

X

Durch den Film muss Jason sich nicht mehr in der Öffentlichkeit als Paul Schwedinger präsentieren und zieht sich daher zurück. Die Verkaufszahlen vom Buch nehmen immer mehr ab, da der große Hype nun verflogen ist und die meisten, die Interesse hatten, es schon gekauft haben. Der Film sollte auch ein Erfolg werden, wenn sich Jason erst kurz vorher wieder als Paul präsentiert.
Solange er nun aber wieder Jason sein kann, hilft er beim drehen des Filmes mit. Bei dem Vorsprechen sitzt er mit bei der Jury und überlegt, ob er sich die jeweiligen Personen wirklich für den Film vorstellen kann. Ein direktes Mitentscheidungsrecht hat er aber nicht. Falls sich aber nicht entschieden werden kann, darf Jason seine Meinung sagen und eventuell wird darauf eingegangen.
Was er aber definitiv darf ist mit nach Afrika fliegen. Auf einer tropischen Insel, in der Nähe des Festlands, drehen sie fast alle Szenen die am Strand oder auf dem

Meer spielen. Jason darf zwar nicht mit auf dieser Insel sein, aber er darf auf der Insel sein, auf der Schwedinger und sein Team am Ende wieder zurück kommen. Dort gibt es tatsächlich einen kleinen Hafen mit vielen kleinen Ständen und im Hintergrund ein paar Hotels (wie es auch am Ende in dem Buch ist).

In einem dieser Hotels schläft Jason in einem Einbettzimmer und geht jeden Morgen unten etwas frühstücken. Danach macht er sich auf den Weg zum Strand um sich dort zu bräunen. Von dort aus kann er die andere Insel, auf der gedreht wird, sehen. Ab und an sieht man einen Helikopter, der über die Insel fliegt und auch immer wieder abstürzt, zumindest scheint es so. In Wahrheit sitzt dort aber ein Stuntman drinnen, der auf so was spezialisiert ist.

Seit knapp vier Stunden liegt Jason nun schon am Strand und beschließt sich etwas an der Hotelbar zu kaufen. Dort angekommen sieht er Sarah. Sie trägt ein Poloshirt mit dem Logo des Filmstudios und sitzt alleine am anderen Ende der Bar. Jason beschließt, sich zu ihr zu setzen. Die beiden unterhalten sich über den Film und Jason erwähnt, ganz beiläufig, dass er der Autor von dem Buch ist, auf das der Film basiert. Sie erzählt, dass sie eigentlich die Bühnenbildnerin ist, aber hier nichts zu tun hat und deshalb nur im Hotel sitzt. Nach längerem Unterhalten beschließen die beiden, dass sie den Urlaub auch einfach zusammen verbringen können.

Über den „Urlaub", in dem sie eigentlich arbeiten sollten haben sich Jason und Sarah ineinander verliebt. Auch wenn Sarah zwei Jahre älter ist als er. Sie hat es auch nicht auf sein Vermögen abgesehen. Sarah steht lieber auf eigenen Beinen und verdient ihr Geld auch gerne selber. Selbst wenn Jason ihr sagen würde, dass sie nicht mehr arbeiten bräuchte, würde sie es tun. Trotzdem sind die beiden noch kein wirkliches Pärchen, denn sie wollen erst den Arbeitsstress los werden, bevor sie eine Beziehung eingehen.

Zurück in ihrem Heimatland treffen sich Jason und Sarah auch immer wieder. Aber sie arbeiten auch beide. Sarah an dem Film, an dem Jason viel verdient und er an seinem Nachfolgeroman. Dieser soll deutlich länger und ausführlicher werden, als der erste, denn der erste diente lediglich der Vermögensbeschaffung. Der zweite ist nicht mehr notwendig und kann daher als „perfektes Projekt" bearbeitet werden, was bedeutet, dass dieser erst veröffentlicht wird wenn Jason ihn perfekt findet. Ihm ist es prinzipiell egal ob dieser Roman auch ein Bestseller wird, aber schöner wäre es schön wegen der ganzen Arbeit die er sich dafür machen wird.

Heute kommt Jason aus seinem frisch gemieteten Büro, dass er extra zum arbeiten erworben hat und begibt sich zu seiner baldigen Freundin. Gerade wird eine Szene gedreht, in der Schwedinger und sein Team wieder zurück fahren. Dafür sitzen sie auf einem öffentlichen Kreuzfahrtschiff. Jason kommt genau zum richtigen Zeitpunkt, denn er bekommt eine kleine Nebenrolle als Schüler. Er soll sich einfach mit anderen Unterhalten und die Hauptdarsteller komisch anschauen, wenn sie vorbeikommen.

XI

Nach der vielen Arbeit in den letzten Wochen will sich Jason einfach nur entspannen. Mit Lukas, David und Micha trifft er sich in der Innenstadt. Innerhalb der letzten Woche haben alle ihren Abschluss gemacht, die einen mit mehr, die anderen mit weniger Erfolg. Jedenfalls sitzen sie nun gemeinsam in einer Pizzeria und essen etwas. Sie unterhalten sich und haben Spaß, vor allem Jason, der dank seines Erfolgs glücklicher ist denn je.
Das kann ihm auch die zufällige Begegnung mit Viktoria nicht zerstören. Er hat eingesehen, dass sie kein Interesse hat und hat sich deshalb auch nicht mehr bei ihr gemeldet. In der letzten Zeit musste er auch nie an sie denken, wodurch ihm erst klar geworden ist, dass sie ihn zwar den Kopf verdreht hat, ihm das Leben aber nicht leichter machte. Jetzt wo es ihm sowieso gut geht, braucht er sie nicht mehr um ein erfülltes Leben zu haben.

Sie geht an deren Tisch vorbei und sieht die teure Uhr an Jasons Armgelenk, weshalb sie sich direkt zu ihm setzt: „Na, wie geht's meinem Süßen?", sie streichelt über seinen Arm und begutachtet die Uhr. Jason merkt das und zieht seinen Arm langsam weg: „Mir geht's gut. Würde es dir was ausmachen meine Freunde und mich hier alleine zu lassen?" Viktoria schaut ihn erstaunt an und wird sauer, sie meint, dass sein Verhalten total kindisch sei. Jason wundert sich über diese Reaktion, denn eigentlich wollte er damit nur ausdrücken, dass er gerade keine Zeit habe.

Weil er sie auch wegen ihres scheinbar sehr unschönen Charakters nicht mehr liebt, findet er sie dennoch attraktiv. Jason läuft der aufgebrachten Viktoria hinterher und meint zu ihr, als er sie eingeholt hat: „Entschuldigung, war nicht so gemeint.", er atmet kurz aus und fährt fort „Wie wäre es wenn ich dir in meiner neuen Villa ein Essen fertigmache um dir zu zeigen, dass es mir wirklich leid tut." „Deine Familie hat eine Villa?", fragt Viktoria hellhörig und Jason antwortet lächelnd: „Nein." Viktoria schaut enttäuscht auf den Boden, doch

bevor sie antworten kann ergänzt Jason: „Die gehört mir alleine." Schnell blickt sie wieder auf und willigt seinem Treffen ein. Jason geht wieder zurück zur Pizzeria und Viktoria geht weiter zu einer Freundin. Der tatsächliche Plan von dem Treffen ist, dass Jason ein mal etwas mit Viktoria anfängt um sie danach zu vergessen. Er findet, dass Menschen wie sie, die nur hinter Geld her sind eine solche „Strafe" verdient haben.
Die beiden schreiben fast zwei Wochen miteinander, wobei das Interesse am Schreiben meistens von Viktorias Seite aus kommt. Sie erhofft sich durch das Treffen eine Beziehung um so an Jasons Geld zu kommen. Für heute Abend haben die beiden ein Treffen ausgemacht.
Gestern hat Jason seine Eltern zum Flughafen gebracht, weil diese auf die Malediven geflogen sind.
Von dem spanischen Restaurant um die Ecke bestellt sich Jason vom Koch persönlich zwei hervorragende Filet-Steaks mit Folienkartoffeln und separaten Saucen. Das Essen verlässt die Küche vom Restaurant und ist in unter zwei Minuten bei Jason in der Küche. Durch ein

kleines Fenster gibt der Koch sein Essen rein und Jason gibt ihm Geld, mit einem kleinen Zuschlag, wieder raus.
Die angeblich selbstgemachten Steaks bringt Jason an den Essenstisch, wo Viktoria schon hungrig auf ihr Essen und ihre spätere Geldquelle wartet. Sie essen das perfekte Essen zusammen und Jason schenkt ihnen immer wieder Wein ein. Dieser soll angeblich mehrere Hundert Euro kosten, so zumindest hat Jason es Viktoria erzählt, in Wahrheit ist es aber ein günstiger drei Euro Wein. Viktoria hat noch nie in ihrem Leben Wein getrunken, weshalb sie das nicht schmeckt und Jason mag sowieso keinen Wein. Zusammen setzten sie sich, nach dem Essen, auf das große Sofa. Er schaltet den Fernseher an und macht den absoluten Liebesfilm an, Titanic. Arm in Arm liegen sie auf dem Sofa und Jason bemerkt, dass er sich früher genau diese Situation gewünscht hat. Jetzt ist er ausschließlich auf das eine aus und fühlt sich gar nicht schuldig. Immerhin hat sie lange mit ihm gespielt und nun nur Interesse, weil er ja ach so reich ist. Jason beginnt mit dem ersten Schritt für

sein finales Vorhaben und bringt Viktoria rauf in sein Zimmer. Er sucht sich noch alle nötigen Sachen zusammen, schließt alles ab und gesellt sich zu ihr.
Es dauert nicht lange bis das Erhoffte geschieht.

XII

Am nächsten Morgen schaut Jason direkt in Viktorias geschlossene Augen. Mit einem verschlagenden Lächeln steht er auf, geht auf die Toilette, zieht sich an und weckt sie unvorsichtig: „Steh auf!", schreit er sie an und zieht ihr die Decke weg. „Was ist los?", fragt sie sichtlich irritiert. Er stellt sich vor sie und wirft ihr ihre Kleidung auf den Boden: „Ich will dich hier nicht mehr sehen. Nie wieder. Bevor du was sagst, ich liebe dich nicht und du hast maximal fünf Minuten um mein Anwesen zu verlassen."

Ohne Widerworte zieht sich Viktoria an. Jason verlässt in der Zwischenzeit den Raum um unten auf sie zu warten. Er hat heute vor wieder zum Filmset zu fahren und möchte vorher sicher sein, dass Viktoria tatsächlich das Haus verlässt.

Schon nach zwei Minuten kommt die zerzauste Viktoria die Treppe hinunter. Zusammen gehen sie aus dem Haus und ohne noch ein einziges Wort zu wechseln, ohne noch einen einzigen Blickkontakt gehen beide in die jeweils andere Richtung. Jason setzt sich in seinen Wagen und kehrt auf der nassen Straße um, während Viktoria an einer Bushaltestelle wartet. Direkt vor ihr ist eine große Pfütze, durch die Jason extra fährt, damit Viktoria auch noch voll dreckigem Wasser ist.

Jasons Hass ihr gegenüber sitzt tief. Er hat sich lange von ihr verarschen lassen und wurde nur durch seinen Wohlstand interessant. Nur weil er sie noch ein ganz kleinen wenig mag und die letzte Nacht eigentlich gar nicht so schlimm war entscheidet er sich wieder zu der Bushaltestelle zu fahren. Mit einem Müllsack, der immer auf seiner Rückbank für solche Momente bereit liegt, deckt er den Beifahrersitz ab und fährt Viktoria nach Hause. Auch wenn sie auf der Fahrt nicht miteinander reden weiß Jason, dass Viktoria nun weiß, dass die beiden niemals wieder was miteinander zu tun haben werden. Zum Abschied schenkt er ihr den Müllsack und fährt weiter zum Filmstudio.

Dort trifft er wieder auf Sarah, die von ihm

einen Ratschlag bezüglich des Forschungsinstituts braucht. Sie ist sich überhaupt nicht sicher wie sie dieses einrichten soll. Zusammen überlegen sie was wohl am Besten zu einer solchen Einrichtung passen würde. Viel hochglanzpoliertes Weiß fände Sarah schön, Jason hingegen findet eine Mischung aus Blau und Grau dafür ideal. Zum Schluss entscheiden sie sich für hochglanzpoliertes Anthrazit und sind damit zufrieden.

Damit ist Sarah fertig. Sie muss nichts mehr für das Unternehmen machen und somit auch nicht mehr an dem Film arbeiten. Zur Feier des Tages führt Jason sie in ein vorzügliches Restaurant in der Stadt aus, wo die beiden sich in Ruhe unterhalten und über eine gemeinsame Zukunft nachdenken. Sie fragen sich, ob das wohl Sinn hat etwas miteinander anzufangen oder ob das nur von kurzer Dauer wäre, wie es ein Urlaubsflirt im Normalfall auch ist.

Nach einer wirklich langen Überlegung sind sie sich sicher, dass ihre Beziehung mehr als nur ein Urlaubsflirt sein wird und wollen es daher miteinander probieren.

Trotz ihrer Entscheidung gehen sie nach dem Essen getrennte Wege. Jason will Zuhause an dem Nachfolger arbeiten. Das Passierte zwischen ihm und Viktoria nutzt er als Grundlage für das Verhältnis zwischen Paul Schwedinger und seiner Frau. Das Kennenlernen zwischen ihm und Sarah benutzt er auch, aber nicht nur als Grundlage, er erzählt exakt die reale Geschichte nach. Alles, was ihm passiert ist, nutzt er nun, denn seit der Veröffentlichung von dem ersten Buch hat sich auch sein Leben grundlegend geändert, wie es auch das von Paul Schwedinger angeblich getan hat.

Den Nachfolger beginnt Jason mit dem Ende des ersten Buches:

„Mein Tagebuch endet damit, dass ich auf einem Kreuzfahrtschiff mit meiner ehemaligen Besatzung sitze und auf dem Weg nach Hause bin. Wir alle tätigten Anrufen an unsere Familien [...]. Insgesamt verbrachten wir drei Tage auf dem Schiff. In einer kleinen Einzelkabine habe ich es mir bequem

gemacht und fing an mein Tagebuch zu digitalisieren. Die Schiffsbesatzung gab mir einen Laptop und einen USB-Stick. Den Stick durfte ich dann mitnehmen, somit gingen auch meine Arbeiten auf dem geliehenen Laptop nicht verloren."

(Zitat aus dem Roman „Paul Schwedinger – Der Mann hinter dem Buch)

Jason verbringt den ganzen Abend mit Schreiben und auch die nächsten Wochen arbeitet er immer wieder ein bis zwei Stunden an dem Buch. Er will sich die Veröffentlichung bis nächstes Jahr vorbehalten, weil er dann weiß wie gut der Film bei den Zuschauern angekommen ist und ob er mit dem Roman eine Zukunft haben wird.

XIII

Jason und Sarah sitzen zusammen im Auto und sind auf dem Weg zum Sport. Sie führen eine Unterhaltung zu einer sehr entspannten Musik, doch dann werden sie von Herrn Hier gestört. Er ruft an und Jason aktiviert die Freisprecheinrichtung:
„Aiyyo Hier, was läuft?"
„Nicht viel Bieröffner. Ich wollt nur ma Bescheid geben, dat ich zwei Tickets für die Premiere deines Films hab, also natürlich für dich und nh Begleitung."
Sarah und Jason schauen sich lächelnd an: „Das ist schön."
„Jap, ich schick sie dir per E-Mail. Man sieht sich hoffentlich dort. Tschau." Hier legt auf und das Gesprächsthema von Jason und Sarah ändert sich. Sie unterhalten sich nun über die Premiere, denn diese findet nicht in irgendeinem Kino statt, sondern in der Hauptstadt in einem großen Saal, wo unter anderem auch noch andere Filme vorgestellt werden, aber nur nebensächlich. Im Mittelpunkt wird der Film „PS – Das

Tagebuch" stehen.

Der Name vom Film weicht leicht vom Buchtitel ab, da sich die Produktions- und Marketingfirma dachte, dass man mit einem großen „PS" mehr Aufsehen erregen würde. Jason ist dies natürlich egal, denn für ihn hat sich die Produktion schon gelohnt. Er ist der Einzige, der kein Risiko an dem Film trägt, da er schon im Vorfeld bezahlt wurde. Hätte er mehr haben wollen, hätte er auch ein Risiko eingehen müssen, aber das Verdiente reicht ihm persönlich schon.

Für die Premiere ziehen sich Jason und Sarah extra gut an. Jason hat sich einen schwarzen Smoking gekauft und trägt diesen mit den passenden Schuhen und Sarah hat sich ein längeres, teures, weißes Kleid gekauft. Sie gehen, kurz bevor sie sich diese Sachen anziehen, zum Friseur. Dieser soll ihnen die Haare perfekt kürzen und stylen. Dann fahren sie endlich mit dem Sportwagen von Jason zur Premiere.

Dort angekommen sehen sie viele bedeutsame Schauspieler, wovon aber nur zwei in dem Film mitspielen, die anderen sind aus reinem PR oder wirklichem Interesse dort. Auch einige Designer, Regisseure, Autoren und Sportler haben sich dort versammelt. Zu Beginn bekommt jeder Gast ein Getränk angeboten bevor sie sich in den Saal begeben dürfen.

Mit den Karten von Herrn Hier bekommen Sarah und Jason zwei Plätze ganz alleine in der Balkonloge, welche genau Mittig von der extra errichteten Leinwand liegt. Das Unternehmen hat wirklich viel Geld investiert um diesen Film hervorragend zu präsentieren.

Auf den anderen Balkonen um Jason und Sarah herum sitzen zum einen Kritiker und Herrn Hier mit seiner Frau und auf der anderen Seite einige Musiker, unter anderem auch einer seiner Lieblingsrapper. Während er zu ihm rüber schaut überlegt er, ob er wohl trotzdem hier sitzen würde, wenn er den anderen Weg eingeschlagen hätte. Würde er nun auch auf einer Veranstaltung sitzen und ohne zu zahlen einen guten Platz haben oder würde er vielleicht immer noch keinen Erfolg haben? Mit diesen Fragen lenkt sich Jason aber nicht allzu sehr ab, denn nun beginnt SEIN Film und darauf möchte er seine vollkommene Aufmerksamkeit richten.

Mit knapp über 100 Minuten ist der Film etwas länger als ein Standartfilm, doch dieser ist von Anfang bis Ende spannend und hat fast keine langweiligen Szenen drinnen. Nur knapp fünf Minuten vom Film werden für die Beziehung zwischen zwei Charakteren verschwendet, etwas was Jason überhaupt nicht mag. Die Kritiker auf den Balkonen nebenan finden den Film anscheinend sehr unterhaltsam und gelungen, weshalb er auch eine sehr gute Kritik bekommt.

Auch Jobru, Jasons Lieblingsrapper scheint der Film zu gefallen, denn nach der Vorstellung möchte er sich kurz mit Jason unterhalten. Dabei hat er sogar das Buch dabei, welches er gerne von Jason unterschrieben haben möchte. Das ist für Jason eine riesige Ehre, sein Idol möchte ein Autogramm von ihm haben.

Während der Vorstellung hat sich Jason sehr darüber gefreut, dass sein Buch fast identisch übernommen wurde. Was auch die Kritiker sehr gelobt haben. „Eine perfekte Mischung aus Buch und Film. Man kann sich beides anschauen beziehungsweise lesen und man ist von keinem der beiden enttäuscht.", so eine Kritik.

Dank der vielen positiven Kritiken, den Oscar-Gewinnen der Schauspieler und dem vorigen Hype um das Buch wird auch der Film ein Erfolgsschlager. Zusätzlich wird es der international erfolgreichste Film aus Jasons Heimatland, was wiederum nicht all zu schwierig ist, da die meisten Filme nur national gespielt wurden oder werden.

XIV

Der erfolgreiche Film hat Jason nur weiter darin bestärkt an seinem Nachfolgeroman zu arbeiten. Mit diesem ist er nach einem halben Jahr fertig, doch er möchte sich vorher wieder als Paul Schwedinger in der Öffentlichkeit präsentieren. Zum Veröffentlichungstermin der DVD-Version vom Film stellt sich Jason alias Paul den Medien. Er gibt bekannt, dass in absehbarer Zeit sein zweites Buch veröffentlicht wird.

Das Morgenmagazin, dass schon beim ersten Buch ein Interview mit Jason geführt hat, hat ihn für heute wieder ins Studio eingeladen. Die Einschaltquoten sind dieses mal deutlich höher, da sehr viele nationale Bewohner gespannt sind. Auch die Moderatorin ist gespannt und fragt DIE eine Frage, die wahrscheinlich weltweit interessant ist: „Wird in ihrem zweiten Buch gesagt auf welcher Insel sich das alles abgespielt hat?"

Jason hat in dem Buch eine Passage in der er erklärt, dass eigentlich beide

Bücher frei erfunden sind und Paul Schwedinger in Wahrheit gar nicht existiert. Dem entsprechend wird auch die Insel als surreal abgestempelt. „Es werden fast alle wichtigen Fragen bezüglich des Buches angesprochen und beantwortet.", gibt Jason als Antwort.
Unter anderem lobt Jason im Buch die Arbeit mancher Spekulanten.

„Ich hätte fast wirklich geglaubt, dass ich auf dieser Insel festsaß."

(Zitat aus Paul Schwedinger – Der Mann hinter dem Buch)
Damals hatte Jason auch nicht gedacht, dass ein einziges Buch so viel Aufsehen erregen würde und schon gar nicht, dass dazu Hörbücher und Filme veröffentlicht werden. Auch auf diese Punkte geht er in seinem Nachfolgeroman ein.
Das zweite Buch beziehungsweise der erste Roman ist deutlich dicker als der erste Teil und auch die Schrift ist kleiner, somit ist dort deutlich mehr Inhalt. Obwohl dieser Inhalt eigentlich nur detaillierter und nicht informativer ist. In dem Roman beschreibt Jason wirklich jedes kleine Detail, auch wenn dieses keine Relevant

hat. Zum Beispiel schrieb er im ersten Buch nur, dass er sich hinter einem Busch versteckt. In seinem zweiten Buch erwähnt er diesen Busch erneut, diesmal aber bis ins kleinste Detail. Er nennt die Größe, die Farbe, den Platz, den Boden, die Umgebung und sogar die wahrscheinliche Entfernung bis zum Meer. Aber dadurch kam Jason seinem Ziel überhaupt erst so nah beziehungsweise hat es dadurch erst geschafft: Ein langer Roman. Dieser wäre nur halb so dick, wenn er genau so rar auf alles eingegangen wäre, wie im ersten.

Ob es die Länge oder Schreibtechnik schuld ist, weiß Jason nicht genau, aber sein zweites Buch verkauft sich nicht so gut. Vielleicht könnte das aber auch daran liegen, dass das Thema „Paul Schwedinger" langsam uninteressant wird und die Leute sich lieber mit frischeren Thema auseinandersetzen.

Trotz der starken Einbuße zum Vorgänger hat Jason mit „Paul Schwedinger – Der Mann hinter dem Buch" einen zweiten Bestseller. Auch wenn es nicht sein bestes Werk ist.

Durch seine Aussage in dem Buch, dass

alles frei erfunden ist und er eigentlich gar nicht Paul Schwedinger ist hat er einen weltweiten Skandal ausgelöst. Viele Leute wollen Jason und seinen Verlag verklagen, doch in seinem Heimatland hat man mit solchen Klagen keine Chance, da niemand direkt verletzt wird. Hätte Jason, Menschen, Spenden oder ähnliches unter einem falschen Vorwand abgezogen, dann hätte man rechtliche Schritte einleiten können, doch so haben die Leute freiwillig für ein Buch bezahlt.

Der Vorteil an dem dicken Buch ist, dass Jason mehr einnimmt, da er sein Honorar erhöht hat, was in diesem Fall aber nicht auffällt, weil das Buch im Allgemeinen teurer ist. So hat Jason also mit deutlich weniger Verkäufen fast die gleiche Höhe an Umsatz erzielt.

Auch das Interesse an Interviews mit Jason besteht noch, nur wird er jetzt immer gefragt, wie er auf die Idee mit dem Verkleiden und ähnliches kam. Jason und sein Verlag beantworten die Frage immer mit: „Eine geniale Zusammenarbeit aus Werbekaufleuten und dem Autor."

Sie sind aber nicht die einzigen die von dem Roman profitieren, auch der

Spekulant, der in dem Roman gelobt wird erlangt im Internet immer größeres Ansehen, weil er so im Roman gelobt wird.

XV

Auch für den Nachfolger möchte das Filmstudio einen Film drehen. Dieses erhofft sich noch höhere Einnahmen, da es bekannt ist, dass die Fortsetzung, in der Regel, mehr einbringt. Wie auch beim ersten Film wollen sie sich mit Herrn Hier und Jason treffen um über den Preis zu verhandeln.
Jason will, wie beim ersten Teil, Geld im Voraus. Er denkt nicht, dass der zweite Film erfolgreicher wird. Dennoch versucht er mit deutlich mehr handeln als beim letzten Mal mehr Geld rauszuschlagen. Das Filmstudio bietet zuerst höhere Prozentsätze an, was Jason aber nicht haben möchte. Sie rechnen zusammen aus, wie viel Jason mit den damals gebotenen Prozentsätzen eingenommen hätte. Die Summe ist fast das dreifache von dem was Jason tatsächlich bekommen hat. Deshalb fordert Jason für den jetzigen Film das doppelte vom letzten. Diesmal hat Jason viele gute Argumente auf seiner Seite, zumal auch

noch andere Filmstudios an ihm interessiert sind.

Nach mehrstündiger Verhandlung haben sich alle Parteien auf fast das Doppelte für Jason und einen Prozentsatz von 0,9 % für den Verlag geeinigt. Beim ersten Teil hat auch der Verlag nur Pauschal sein Geld bekommen, diesmal erhoffen sie sich mit dem prozentualen Anteil einen deutlich höheren Profit, wie auch das Filmstudio.

Der elektrische Sportwagen, den Jason eigentlich nur für Werbefahrten benutzen sollte, wird ihm vom Verlag geschenkt. Durch ihn haben sie genug eingenommen um hunderte von diesen Wagen zu kaufen. Von nun an darf Jason Änderungen an dem Fahrzeug vornehmen und auch privat fahren, muss sich allerdings auch selbst um alle Kosten kümmern, was er vorher nicht musste.

Die Produktion des zweiten Teil dauert nur halb so lange wie die vom ersten Teil und ist zudem noch günstiger in der Produktion, da man diesmal kaum reisen muss um alles aufzunehmen.

Wieder wird Jason zu der Premiere seines Films eingeladen und wieder nimmt er Sarah als seine Begleitung mit. Diesmal sitzen sie im normalen Publikum und haben keinen besonderen Extraplatz, was Jason sogar gefällt, weil er eigentlich nicht mit dem Film in Verbindung gebracht werden möchte. Sarah hat an diesmal nicht an dem Film mitgearbeitet, weshalb Jason noch gar nichts, außer dem Trailer, vom Film weiß.

Der Film startet und Jason langweilt sich. Er langweilt sich mehr als früher in der Schule und auch Sarah ist sichtlich gelangweilt. Es wird fast nur gesprochen und es passiert nichts lustiges oder aufregendes, außer vielleicht in den ersten zehn Minuten. Jason fragt sich wieso der Film so schlecht ist, immerhin spielen bessere Schauspieler mit und seine Buchvorlage ist nicht annähernd so lustlos und langweilig geschrieben.

Noch während der Premiere gehen Sarah und Jason, um sich Zuhause einen besseren Film anzuschauen. Eigentlich ist Jason sogar sehr glücklich über den schlechten Film, denn dadurch fällt es ihm deutlich leichter mit dem Thema Paul Schwedinger abzuschließen und sich anderen Büchern zu widmen. Des weiteren fühlt es sich richtig an das Geld für den Film im Voraus angenommen zu haben.

Zuhause angekommen legen sich Jason und Sarah auf die Couch. Sie schalten den Fernseher ein und schauen sich einen anderen Film an bis sie beide einschlafen.

Am nächsten Morgen schaut Jason auf sein Handy und schaut sich Bilder an, die ihm Herr Hier gesendet hat. Es sind Kritiken zu dem neuen Film und diese sind noch besser ausgefallen als die vom ersten, was Jason sehr überrascht.

Die Kritiker meinen, dass man aus diesem Film viel lernen könne. Einer der Gründe warum Jason dieser Film wahrscheinlich zu langweilig war. Obwohl sich Jason nun ärgern könnte, weil er sich wieder für die sichere Variante, der Bezahlung entschieden hat, ist er sich trotzdem nicht sicher, ob normale Bürger diesen Film mögen werden, denn Kritiker achten eher darauf wie gut der Film in Sachen Produktion, Geschichte o.ä. ist.

Diese Bedenken bestätigen sich kurz nach der Veröffentlichung in den Kinos. Der Film ist prinzipiell gut gemacht, langweilt aber den normalen

Kinobesucher. Auch der Verdienst von dem Filmstudio ist deutlich niedriger, sie haben gerade so die Kosten gedeckt. Jason hat umgerechnet wirklich was kluges gemacht mit der Vorauszahlung, denn umgerechnet wäre es nicht sicher ob er wirklich so viel bekommen hätte.

Dieses, für das Filmstudio und den Verlag, enttäuschende Ergebnis ist für Jason das tatsächliche Zeichen dafür, dass er von nun an nicht mehr Paul Schwedinger sondern einfach nur noch Jason der Autor ist.

XVI

Paul Schwedinger geht Jason auf die Nerven. Aus irgendeinem Grund fühlt er sich beobachtet, egal wo er hingeht und er denkt, dass die Leute wissen, dass er hinter der erfundenen Figur steckt. Dieses Gefühl hat er nun schon zwei Monaten, seitdem der katastrophale zweite Film in den Kinos läuft.
Jason will einfach nur noch weg, irgendwo hin, wo ihn definitiv keiner kennt. Zusammen mit Sarah die Zeit genießen. Er will nach Jamaika.
In Jamaika wurde sein Buch und somit auch sein Film verboten, weil die Regierung ein großes, unbegründetes Problem damit hatte. Jason kann es egal sein, denn er liebt Jamaika. Dort kann er sich ein kleines Häuschen kaufen und sich mit den Einwohnern verständigen. Direkt in der Nähe ist noch eine weitere schöne Insel, Kuba, auf der er auch schon immer mal Urlaub machen wollt und sich Rum und Zigarren kaufen. Sarah scheint von der Idee gar nicht so abgeneigt. Sie wäre

bereit mitzukommen, aber nur, wenn Jason dort weiterarbeitet und sie sich dort auch einen Job suchen kann. In Jamaika lebt unter anderem ein alter Freund von Jasons Eltern, der Sarah einen Job anbieten könnte, womit ihre Bedingungen alle erfüllt wären.

Mit Herrn Hier spricht Jason ab, dass er das nächste fertige Buch einfach per E-Mail an ihn schickt und er sich dann um das Veröffentlichen kümmert. Ihm wird der Bieröffner zwar fehlen, aber er freut sich sogar für ihn. Ein mal im Jahr werden die beiden sich bestimmt treffen können, denn dann macht Herr Hier wieder Urlaub in seinem Ferienhaus in Florida und Florida ist nicht allzu weit von Jamaika entfernt.

Jasons Eltern haben auch kein Problem mit seinem Umzug, denn seit seinem Erfolg, mit dem ersten Film, leben sie in Spanien und genießen ihren relativ frühen Ruhestand. Sarahs Eltern leben schon seit einigen Jahren in Norwegen und sehen sie immer nur zur Weihnachtszeit, ihnen kann es also auch egal sein wie lange sie fliegen müssen nur um ihre Tochter zu sehen.

Ein Tag vor dem Abflug in das neue Leben

schmeißen Sarah und Jason eine Abschlussfeier mit all ihren Freunden. Sie trinken sehr viel und feiern ausgelassen, weshalb die beiden auch beim betreten des Flugzeugs, am nächsten Tag, komplett kaputt sind und sich darüber freuen können die First-Class gewählt zu haben. Die nächsten zwölf Stunden Flug werden zur Erholung vom alten Leben genutzt.

In ihrem alten Haus leben nun Lukas, Micha und noch drei andere in einer Wohngemeinschaft. Sie müssen nur den Mindestmietpreis bezahlen und haben daher ein perfektes Haus zum wohl günstigsten Preis. In dem Haus gibt es noch zwei Zimmer, die nicht bewohnt werden, weil diese für Jason und Sarah gedacht sind, wenn sie ab und an mal zurück in ihre Heimat kommen.

ZUSATZ
Alternativ Kapitel
Songausschnitte
Persönliches Nachwort

(Kapitel III)

Jason ignoriert das Ergebnis.

Er legt sich direkt Schlafen und träumt von dem Leben, dass er laut der Münze leben sollte. Geld, Macht und Anerkennung von Viktoria, all das träumt er und dabei bleibt es auch. Jason nimmt das Ergebnis nicht ernst und vertraut nicht auf die Münze. Wie auch zuvor überlegt er was er von beiden machen soll. Wieder schreibt er Vor- und Nachteile auf. Wieder ist Jason deprimiert von der Schule, Viktoria und davon, dass er zu keinem Ergebnis kommt.
Sein Schulabschluss steht bevor und er schafft es gerade so diesen überhaupt zu bekommen. Wie schon gesagt findet er keinen Job und arbeitet bei der Firma des Bekannten. Kaum Geld und kaum Freude prägen sein Leben.
Viktoria hingegen bricht sogar die Schule ab, weil sie einen wohlhabenden, deutlich älteren Mann gefunden hat. Dieser finanziert ihr alles und besorgt ihr sogar einen hochrangigen Job in seiner Firma, in der Firma in der auch Jason arbeitet. Zwar fangen die beiden kurzerhand eine

Affäre an, weil Viktoria nicht ihren Mann sondern sein Geld liebt, aber nicht auf anständige Techtelmechtel verzichten möchte, doch diese erfüllt Jasons Leben nicht wirklich. Die Frau die er liebt ist seine Partnerin, aber auch nur dann, wenn es niemand mitbekommt, vor allem nicht sein Chef. Sie treffen sich bei ihm Zuhause, in Viktorias Büro, in einem extra gemieteten Hotelzimmer oder sogar bei seinem Chef Zuhause, falls dieser nicht da sein sollte.

All das geht gut bis zu dem einen Mal wo das Kondom platzt. Viktoria beendet die Affäre und entscheidet sich das Kind mit ihrem Mann, als seines großzuziehen. Zum Pech für sie ist ihr Ehemann zeugungsunfähig, weshalb er ihr und Jason auf die Schliche kommt und sich scheiden lässt.

Kurzentschlossen entscheiden sich der frisch gefeuerte Jason und Viktoria zusammenzukommen und das Kind gemeinsam großzuziehen. Sie wollen dem Kind ein schönes Leben bieten und suchen sich deshalb jeweils einen Job. Von ihrem Ex-Ehemann bekommt Viktoria sogar viel Geld durch die Scheidung

zugesprochen. Viktoria und Jason kaufen sich ein Haus, renovieren das und wollen ihre Tochter „Sarah" dort aufziehen.
Damit das Kind in ganz normalen Verhältnissen aufwächst heiraten Viktoria und Jason nach dem Scheidungsjahr von Viktoria. Sie gehen normal arbeiten und spielen ihrer Tochter eine heile Welt vor. Dieses Schauspiel hält sogar so lange bis Sarah auszieht um zu studieren. Das gekaufte Haus, was beiden zur Hälfte gehört teilen sie in zwei Wohneinheiten auf. Sie lieben sich nicht beziehungsweise Jason liebt Viktoria nicht mehr und Viktoria hat ihn nie wirklich geliebt. Nur für ihre Tochter leben sie noch zusammen, aber sehen tun sich die beiden nur noch dann, wenn ihre Tochter zu Besuch kommt.
Als Viktoria relativ früh verstirbt hat Jason im Alter von 55 Jahren zum ersten Mal wieder Freude im Leben. Das geerbte Geld, weil sie bis zum Todestag verheiratet waren, gibt er für Freizeitaktivitäten aus. Er verkauft das Haus um sich ein schöneres am Strand zu kaufen. Dort lernt er auch seine wahre Liebe, Lisa, kennen mit der er von da an glücklich zusammen lebt.

Songausschnitte:

„Jerry Stejeck"
Golden Tongue
by Jason Wejame

Vers 1.

You had to repeat a year.
As you saw me you sneer.
I sat down on the chair
in your godd*mn near.
I didn't want to be there.
I was full of fear
like a wild deer.
In my eye was almost a tear.
I heard your jeer.
It twitched – my ear.
Your words hurted, yeah!
[...]
But I protected me for the first time

I insulted you with a punchline
and a perfect rhyme.
I felt fine,
you was quiet until the chime.
But you knew that I stole this line.
[...]

Ref.:

Jerry Stejeck
You never come back

Jerry
I always see how they bury (you)

Stejeck
Your death was a throwback

Jerry Stejeck
You never come back

Jerry
Your early death is scary

Stejeck
We were like a wolf pack

Vers 2
Rap has made us the best friends
without knowing how this ends
[...]
We formed a Rap-duo
consisted of me and you
We wanted to rap the truth
We wanted to celebrate our debut
as MJW
[...]
I wrote the text
you rapped this next
I teached you songwriting
You teached me doubletiming
[...]

Ref:

Vers 3.

*Teachers found us cruel
and wanted us to leave school
[...]
We made constantly nonsense
Then I was punished for an offense
you wanted to help me with my defense
but I dispensed
[...]
We became a team
with a nearby dream
[...]
I realize our dream
according to the MJW scheme
[...]
To this day it's a fact
you're the only one with whom I rapped*

„Your way"
Golden Tongue
by Jason Wejame

Vers 1.

If you really wanted something, don't regret it
other people will forget it.
[...]
Don't let it keep a dream
cause good things are unseen
for people who don't know what we mean
you decide between
reality and dream
don't let you demean
You must work for your dream
[...]
But remember it's need time
for finishing your climb

[...]
Even Rome wasn't build in a day.
Maybe you have to go a hard way.
[...]
But then the moneyrain can come
you have a high income
and you bring your mum
out of the slum
Always remember where you come from
[...]
You shouldn't be disgoised for success
otherwise this will be a mess
unless
you can deal with this stress
[...]
Then you have to hide your real character
and sell your sincerity
for prosperity

Ref.:

from a
mobster, dishwasher or slaughter

to an
actor, doctor or author

You go your way
night or day
night or day

Vers 2·

Your mother is a doctor
Your father is a lawyer
Your brother is a scholar
Your sister is a author
[...]
Your family determines your future
you shouldn't be a loser
[...]
Your childhood consisted of learning
The tasks were demanding
you had yearning
for love, affection and leisure
your life was no pleasure
[...]
It was a fantastic weather
Your classmates played together
and experienced adventure
[...]

you could have been a member.
From January to December
you were alone
at home
[...]

Ref.

Vers 3.

If the way is the aim
you'll lose every game
[...]
and your name
will stands for shame
[...]
Let the people talk
and go out for a walk
[...]
Karma is a bitch
Right to this snitch

Ref.

Persönliches Nachwort

Das ist mein erstes geschriebenes Buch. Zuvor habe ich zwei Kurzgeschichten geschrieben, mit denen ich nicht wirklich glücklich war. Eigentlich wollte ich dieses Buch niemals zum Verkauf anbieten, sondern nur mal schauen was ich so schaffen könnte.
Grammatikalische Fehler die den Konjunktiv oder die Kommasetzung betreffen können noch vorkommen, weil ich kein Studierter bin. Um genau zu sein bin ich sogar noch Schüler. Rechtschreibfehler oder Wortfehler sollten eigentlich nicht mehr vorhanden sein, da ich mir das Buch nochmals durchgelesen habe und es (angeblich) auch Freunde und Familie gelesen haben.
Falls doch noch Fehler in der Originalfassung oder der Übersetzung zu finden sind würde ich mich über eine Kontaktaufnahme freuen um diese zu beheben.
Positives Feedback und konstruktive Kritik würde mich auch freuen, damit ich bei einem möglichen zweiten Buch etwas besser machen kann.